16	3	2	13
5	10	11	8
9	6	7	12
4	15	14	1

Alberto Moravia

HISTÓRIAS DA PRÉ-HISTÓRIA

Tradução de Nilson Moulin
Ilustrações de Cecília Esteves

editora 34

EDITORA 34

Editora 34 Ltda.
Rua Hungria, 592 Jardim Europa CEP 01455-000
São Paulo - SP Brasil Tel/Fax (11) 3811-6777 www.editora34.com.br

Storie della preistoria © Alberto Moravia, 1972
Brazilian edition arranged through the mediation of Eulama Literary Agency.
Tradução © Nilson Moulin, 2003
Ilustrações © Cecília Esteves, 2003

A FOTOCÓPIA DE QUALQUER FOLHA DESTE LIVRO É ILEGAL E CONFIGURA UMA
APROPRIAÇÃO INDEVIDA DOS DIREITOS INTELECTUAIS E PATRIMONIAIS DO AUTOR.

Edição conforme o Acordo Ortográfico da Língua Portuguesa.

Capa, projeto gráfico e editoração eletrônica:
Bracher & Malta Produção Gráfica

Ilustrações:
Cecília Esteves

Revisão:
Isabella Marcatti
Cide Piquet

1ª Edição - 2003 (1 Reimpressão), 2ª Edição - 2009, 3ª Edição - 2014

Catalogação na Fonte do Departamento Nacional do Livro
(Fundação Biblioteca Nacional, RJ, Brasil)

	Moravia, Alberto, 1907-1990
M831h	Histórias da pré-história / Alberto Moravia; tradução de Nilson Moulin; ilustrações de Cecília Esteves — São Paulo: Editora 34, 2014 (3ª Edição). 240 p. (Coleção Infanto-Juvenil)

Tradução de: Storie della preistoria

ISBN 978-85-7326-286-5

1. Literatura infanto-juvenil - Itália.
I. Moulin, Nilson. II. Esteves, Cecília. III. Título.
IV. Série.

CDD - 858

HISTÓRIAS DA PRÉ-HISTÓRIA

Croco Dilo, Gar Ça e os peixes dançarinos 7

Quando Ba Leia era miudinha 13

Uma boa formiga vale um imperador 23

Quando os pensamentos congelavam no ar 33

Pobre Pin Guinzão que acredita no gelo 41

Gi Rafa busca a si mesma 51

Não convém amar uma cegonhazinha 59

Um bom casamento começa pelo nariz 69

Dilúvio, fim do mundo *et cetera*... 77

Sem calção, sem comunicação 85

Os sonhos da mamãe produzem monstros 95

Os bravos bombeiros mortos de sono 103

A favor da corrente no rio Zaire 113

Ah Dãoh e Eh Vah: aqueles preguiçosos 123

Cher Na e Ja Vali, amor de mentira 137

Como Cama Leoa se tornou verde, lilás, azul..... 143

Vai ter confusão se Paih-eh-ther-noh acordar 147

Unicórnio e Rino Ceronte 157

O salto do Dino Sauro 167

Os chifres de Ca Melo 171

Balança, odeio você! 177

E a coroa de gelo derreteu 189

Mãe Na Tureza decide mudar o mundo 199

A bela e a fera 209

Glossário 219

Sobre o autor 237

Sobre o tradutor 239

Sobre a ilustradora 239

CROCO DILO, GAR ÇA E OS PEIXES DANÇARINOS

Croco Dilo, quando criança, levava uma vida muito boa. Sua mãe o acostumara a receber na boca uma colherona cheia de peixes deliciosos de todo tipo: uma colherada como café da manhã; outra, ao meio-dia, como almoço; e uma terceira como jantar. Na Páscoa, Natal e Ano-Novo, seis boas colheradas em vez de três. Mas a mãe, muitas vezes, lhe dizia:

— Crocozinho, vai chegar o dia em que não estarei mais aqui, como vai fazer?

Porém, Croco Dilo fingia não entender.

Certo dia, sua mãe lhe faltou. Croco Dilo ajeitou-se, como de hábito, numa praiazinha solitária, imóvel, com a boca aberta: mas nada de colheradas.

Passou um dia, passou o seguinte e, ainda assim, nada de colheradas.

Croco Dilo começou a se preocupar. Arreganhou a boca o mais que podia e chamou desesperado:

— Manhê, manhê, manhê, onde está você?

Ouviu então, ali perto, uma vozinha que lhe dizia:

— Pobre Croco, não sabe que mãe só existe uma? A sua já era.

Histórias da Pré-História

Croco Dilo virou-se e viu uma certa Gar Ça, que ciscava por ali, bicando melindrosa entre os caniços. Era ela quem tinha falado. E, com efeito, acrescentou logo em seguida:

— Trate de encontrar logo uma solução, porque vivo das sobras de comida que ficam entre os seus dentes. Se você não come, eu também não.

Croco Dilo perguntou:

— O que devo fazer?

Gar Ça respondeu:

— Pense.

— E o que teria de pensar?

— Pense.

Croco Dilo seguiu o conselho de Gar Ça: pôs-se a pensar. E pensa que pensa, pensou numa coisa em que nunca havia pensado.

Convém saber que Croco Dilo tinha uma boca imensa, aliás, dá para dizer que ele era quase só boca. Naquela boca possuía muitíssimos dentes e uma língua compridona, lisa, macia, parecida com um chão coberto por um tapete fofinho.

Aí Croco Dilo disse para Gar Ça:

— Escute, minha cara, vá avisar a todos os peixes que nadam por aí que resolvi abrir uma danceteria, isto é, um lugarzinho para dançar. Local: minha boca. Cadeiras e mesas: meus dentes. Pista de dança: minha língua.

Colocaremos a orquestra bem na ponta da língua. Saia voando, vire-se, vá dizer aos peixes que hoje mesmo será a inauguração, com uma noite de gala e brindes especiais para as senhoras.

Gar Ça não esperou para ouvir a segunda vez. Saiu voando sobre o rio, que afinal era o Nilo, e fez uma boa divulgação, repetindo até perder o fôlego:

— Hoje, grande noite dançante na boca do Croco Dilo. Entrada franca. Vai haver dança até a meia-noite.

Os peixes, imaginem, se aborrecem, coitadinhos, no fundo do rio. Nada para fazer o dia inteiro além de remexer entre as algas e fazer caretas uns para os outros. Assim, decidiram ir em massa para o novo salão de Croco Dilo, indicado pelo letreiro luminoso "Peixe de Ouro".

Caiu a noite. A orquestra, composta por cinco rãs com guitarra, bateria e sax, tocava até ficar sem fôlego, equilibrando-se na ponta da língua de Croco Dilo. Os peixes saíram da água em procissão, subiram por uma escada e entraram na boca de Croco Dilo. Diante de seus olhos apareceu uma sala muito comprida, alegremente decorada com lanternas de papel vermelho. No fundo, havia uma faixa na qual se lia "Boa Diversão!". Os peixes sentaram-se nos dentes de Croco Dilo, pediram refrescos, começaram a dançar. Algum dia vocês viram um peixe que dança? Bom, imaginem então ver uma centena deles dançando juntos.

Histórias da Pré-História

Enquanto isso, Croco Dilo continuava parado, com a boca arreganhada, os olhos entreabertos. Esperava. As danças se sucediam e Croco Dilo esperava. Decidira anunciar à meia-noite em ponto: "Senhores, vai fechar". E no mesmo instante, fecharia aquela sua boca desmesurada e encheria a pança com peixes de alta qualidade, fresquíssimos, ou melhor, vivos.

Acontece que entre os peixes havia um certo Estur Jão, que era muito, mas muito inteligente mesmo.

Entre uma dança e outra, circulando pela pista, Estur Jão notou que, da parte superior da boca de Croco Dilo, curva feito uma abóbada, caíam grandes gotas d'água. Essas gotas se formavam como que sozinhas e caíam assim que estavam formadas. Na realidade, Croco Dilo estava com água na boca pois já saboreava o momento em que comeria todos aqueles peixes de ótima qualidade.

Alberto Moravia

Estur Jão, preocupado, procurou Gar Ça e lhe contou sua descoberta: o que podiam ser aquelas gotas? Acontece que Gar Ça era uma dessas pessoas incapazes de guardar segredo, mesmo com o risco de se prejudicar. Tratou de explicar:

— Sabe, estamos num rio, há muita umidade.

Mas Estur Jão replicou:

— Gar Ça, você tem pernas compridas. Cuidado para que não virem muletas de tanto você dizer mentiras.

Então, Gar Ça, que estava a ponto de estourar de vontade de sair falando, disse a verdade. Estur Jão viu que não havia tempo a perder. Lançou-se no rio, pegou uma enorme pedra redonda e a encaixou no fundo da boca de Croco Dilo, entre um dente superior e um inferior, como uma noz que tivesse de ser quebrada. Assim, satisfeito, foi tirar para um samba uma certa Car Pa, a quem cortejava fazia tempo, e dançou com ela.

Dá meia-noite, Croco Dilo arregala os olhos e berra com o vozeirão cavernoso:

— Senhores, vai fechar.

E ao mesmo tempo se prepara para fechar a boca e devorar aqueles vinte ou trinta quilos de peixe que ainda estavam se divertindo em sua língua. Porém: crac! Os dois dentes se fecharam sobre a pedra de Estur Jão mas não conseguiram triturá-la. A boca permaneceu aberta. E Croco Dilo sentiu uma dor aguda, lancinante, terrível.

Enquanto isso, os peixes, diante daquele vozeirão que anunciava o fechamento, começaram a ir embora de mansinho. Alguns se queixavam:

— Que modos. Estava tão bom!

Na manhã seguinte, naturalmente, Estur Jão contou tudo aos peixes, os quais, a partir daquele dia, evitaram voltar à danceteria de Croco Dilo.

Desde então, Croco Dilo, com imenso esforço, de vez em quando rola pelo Nilo e sai à procura de alguma coisa para comer. Pouca coisa, contudo, porque os peixes o evitam de longe. Somente as enguias, que também são muito preguiçosas, não escapam a tempo, e Croco Dilo chupa todas elas como se fossem espaguete.

O resto do tempo, Croco Dilo fica estendido na areia e, pensando no almoço que evaporou, chora lágrimas amargas. Justamente, lágrimas de crocodilo.

Gar Ça lhe faz companhia e pergunta de vez em quando:

— O que você tem? Por que chora?

Croco Dilo responde:

— Choro porque já contava com aqueles peixes. Mas dá para saber quem bancou o espião?

E Gar Ça, inocente:

— Ninguém bancou o espião. Você tinha colocado aquela pedra na boca para chupá-la enquanto esperava o banquete. E acabou se esquecendo dela.

QUANDO BA LEIA ERA MIUDINHA

Há um bilhão de anos, uma certa Ba Leia vivia sozinha, sozinha num lago bem pequeno, no fundo de uma floresta. Ba Leia não era maior do que uma sanguessuga. Saltitante, ágil, brincalhona, incansável, um verdadeiro diabinho em forma de peixe. Contudo, seu maior desgosto era o tamanho. Com efeito, era comum ouvi-la suspirar: "Todos são maiores que eu. Que desgraça ser pequena".

Perto do lago havia uma árvore, e sobre ela o ninho de uma tal de Ce Gonha. Esta Ce Gonha passava o tempo inteiro vigiando o lago. Mal um peixe despontava para respirar, Ce Gonha se lançava feito um foguete, agarrava o peixe com o bico comprido e o devorava num piscar de olhos.

Então, certo dia, Ba leia subiu até a superfície atrás de uma libélula que, por sua vez, estava seguindo uma mosca, a qual tentava agarrar um mosquitinho.

Ce Gonha fulminou como um relâmpago, agarrou Ba Leia pelo bico e carregou-a até seu ninho para saboreá-la à vontade. Porém, uma vez no ninho, disse:

Histórias da Pré-História

— Agora devoro você, mas, antes, me diga quem é, como se chama e o que faz. Caso contrário, que gosto teria comer alguma coisa que nem se sabe o que é?

Ba Leia respondeu com a violência do desespero:

— Meu nome é Ba Leia. Profissão: morta de fome. Quem sou? O peixe* mais desgraçado do mundo.

Ce Gonha perguntou:

— E por que você é o peixe mais desgraçado do mundo?

Ba Leia disse:

— Porque nasci e cresci neste laguinho miserável, nesta poça. Não vi o mundo, estou condenada à insignificância. E agora você me come e acaba tudo. Quem é mais desgraçado que eu?

Ce Gonha foi tocada pela sinceridade da dor de Ba Leia. E disse:

— Mas, se a deixasse viver, o que você faria?

E Ba Leia:

— Faria de tudo para ficar grande e gorda.

— Grande quanto? O dobro do que é agora?

— Mais, bem mais. Cem mil vezes mais.

---

* Vocês já devem saber que a baleia é um mamífero e não um peixe. Mas nessas *Histórias da pré-história* mentiras têm pernas compridas, o universo é fabuloso e nem sempre as coisas são aquilo que parecem ser. (Nota do Editor)

— Mas por quê?

— Porque sim.

Diante de tal resposta, Ce Gonha coçou a cabeça, perplexa. Aí disse:

— Acho que você é tão pequena porque nasceu e cresceu neste lago ínfimo. Para lago pequeno, peixe pequeno. Mas, em minhas viagens, vi um lago imenso que chamam de mar. Bem, se você pudesse chegar a esse lago chamado mar, pode ter a certeza de que ficaria grande, grandíssima, desmesurada, porque, justamente, o lago chamado mar é de fato grande.

— Grande quanto? Duas vezes o nosso lago?

— Duas vezes? Está brincando! Cem mil vezes.

Então Ba Leia disse:

— Vamos, me coma logo. Não vou mesmo conseguir ver o lago chamado mar. Você me come e acabamos com isso.

Mas Ce Gonha respondeu:

— Não, você é um peixinho tão original que renuncio à refeição. Vou satisfazê-la: cato você com o bico e vamos voando para o lago chamado mar.

E Ba Leia:

— Não, com o bico não. Quem sabe, durante o voo abre o seu apetite e você me devora para continuar lá no alto. Não, eu vou andando e você, no céu, voando acima de mim, me mostra o caminho.

Histórias da Pré-História

Para entender esta conversa, estranha na boca de um peixe, convém saber que, antigamente, todos os peixes tinham pés e, assim, Ba Leia também, dois pezinhos pretos recortados como os dos patos, colados de um lado e do outro. Ba Leia usava esses pés quando não tinha coisa melhor a fazer, para passear em terra firme.

Dito e feito, a dupla se põe a caminho. Ágil, rápida, incansável, Ba Leia anda pelos bosques, prados, campos, barrancos e vales; Ce Gonha, regulando seu voo no céu pelo passo de Ba Leia, vai mostrando a estrada. Anda e voa, voa e anda, Ce Gonha e Ba Leia chegaram enfim a um promontório verdejante que se alongava numa extensão infinita de água azul: o oceano.

O sol brilhava sobre esse mar calmíssimo e sorridente, milhões de ondinhas brincalhonas cintilavam sob o sol. Então Ce Gonha pousou numa árvore e disse:

— Chegamos. Este é o lago chamado mar. Mergulhe e bom proveito. Hei de passar voando a cada mil anos sobre este promontório. Caso você tenha algo para me dizer, apareça por aqui, no mar, que a reconhecerei imediatamente e aí conversaremos.

Disse Ba Leia:

— Como vai fazer para me reconhecer? Sou tão miudinha.

E Ce Gonha:

— Não tenha medo, hei de vê-la porque você vai se tornar tão grande a ponto de ser visível até de longe. De qualquer jeito, lembre-se que tem dois pés: no dia em que o mar não lhe agradar mais, basta subir para a terra e voltar a pé para casa, quer dizer, até o nosso lago.

Ba Leia respondeu petulante:

— E quem é que volta para aquela poça miserável?

E pronto, Ce Gonha saiu voando, Ba Leia se atirou no mar e, com a enorme satisfação de encontrar-se finalmente num ambiente tão vasto, sentiu que já dobrara de tamanho. Contente e feliz, começou a nadar: o mar era mesmo infinito; quanto mais Ba Leia nadava, mais crescia. Para resumir, depois de apenas um milhão de anos, Ba Leia havia se tornado um peixe enorme, grandíssimo, colossal. Pesava alguma coisa como uma centena de toneladas, media pelo menos cem metros, alimentava-se de pequenos peixinhos, uma tonelada por vez.

As coisas correram muito bem por duzentos ou trezentos milhões de anos: depois, vai não vai, começaram a surgir os inconvenientes do lago chamado mar. O principal, parece impossível, era que a comida vinha fácil demais, demasiado abundante e de mão beijada. Em seu laguinho natal, Ba Leia tinha lutado para se alimentar, passava dias inteiros procurando alguma coisa para beliscar. Aqui, ao contrário, bastava vir à tona, balançando nas ondas, com a boca aberta, e milhões de peixes enfiavam-se naquela sua bocarra sem fim, que confundiam com uma caverna marinha, e iam sozinhos para o seu estômago.

Ba Leia, com a falta de estímulos, não se movia mais, deixava-se transportar pelas correntes marinhas e, por comer demais, tinha a digestão difícil e ficava sempre num estado de torpor e de sonolência. Engordava; a gordura revestia todo o seu corpo e se concentrava sobretudo na cabeça, que tinha se tornado um verdadeiro depósito de banha. Essa gordura lhe entrava pelo cérebro. Ba Leia sofria continuamente com fortes dores de cabeça; entre o sono e a digestão, não entendia mais nada.

Afinal, assustada, Ba Leia reuniu quatro doutores famosos para uma consulta: En Guia, La Gosta, Peixe Pombo e Tarta Ruga.

Depois de um exame aprofundado, os doutores emitiram o seguinte diagnóstico:

— Ba Leia está doente por obesidade. Seria preciso uma dieta das mais enérgicas. Portanto, aconselhamos Ba Leia a comer o máximo que puder.

Alguém vai se perguntar como é que os doutores se contradiziam dessa maneira. Sabe-se lá, são coisas que acontecem.

Ba Leia, afinal, começou a sentir falta do lago em que nascera e crescera, cheia de vida, ativa, esguichante, lúcida. Como estava bem quando estava mal! Ba Leia pensou: "Agora vou ao promontório, espero que passe Ce Gonha e depois, a pé, como da outra vez, faço o caminho de volta, até o meu lago querido. Para lago pequeno, peixe pequeno. Não vejo a hora de tirar de cima toda essa gordurama".

Histórias da Pré-História

Ba Leia nadou até o promontório e acomodou-se para esperar Ce Gonha. Não esperou muito, uns cinco séculos. E pronto, de repente, no céu apareceu um pontinho preto que foi, pouco a pouco, aumentando e tomando a forma de uma ave com bico e patas longas. Era Ce Gonha, a qual, assim que viu a enorme corcunda de Ba Leia que aflorava na água como uma espécie de ilha, desceu e gritou:

— Oi, Ba, algum problema?

Ba Leia respondeu:

— O meu problema é que não gosto do mar e tampouco me agrada ser grande, por isso quero voltar para o lago e ficar de novo pequena como uma sanguessuga comum.

Ce Gonha respondeu:

— Nada mais fácil. Suba para a terra firme e venha atrás de mim com seus bons pés de pato. Vou lhe mostrar o caminho como da outra vez. Cá entre nós: você tem razão. Melhor pequenos e inteligentes num lago do que grandes e estúpidos num mar.

Ba Leia, toda contente, aproximou-se nadando de uma prainha da qual partia uma trilha e tentou sair d'água. Ai de nós! Com terrível desconforto, Ba Leia descobriu que não tinha mais pés. Ou melhor, os pés existiam, mas a gordura tinha trancado os dois em seu invólucro, de modo que não se viam mais. Ba Leia, desesperada, gritou:

— Ai de mim! Não tenho mais pés. Ce Gonha, caríssima Ce Gonha, faça-me o favor, me pegue pelo bico e leve-me ao lago. Vou lhe agradecer a vida inteira.

Então Ce Gonha começou a rir e disse:

— Ba Leia, cara Ba Leia, é isso mesmo, a gordura subiu-lhe à cabeça, tirou-lhe o senso da realidade. Como quer que pegue pelo bico uma giganta como você, umas cem toneladas de gordura?

E assim, Ce Gonha saiu voando e Ba Leia permaneceu no oceano, balançando-se nas ondas e se empanturrando, a contragosto, com milhões de peixes. De vez em quando lança para o ar um esguicho d'água, que é seu jeito de assoar o nariz enquanto chora. Sim, porque chora e come, come e chora com grande nostalgia dos tempos felizes em que era miudinha.

Este é o motivo pelo qual as baleias hoje, de vez em quando, vêm encalhar nas praias e se deixam morrer no seco, na areia. Sentem saudades de quando eram pequenas, tentam desentalar os pés da gordura, mas não conseguem e morrem desesperadas.

Depois, vêm os pescadores, cortam-nas em pedaços para usar a gordura e então descobrem os dois pés: "Para que podiam servir estes pés para as baleias?"

Não sabem que os dois pés deveriam ter servido para que voltassem ao lago, para que se tornassem de novo alegres e inteligentes.

Histórias da Pré-História

UMA BOA FORMIGA VALE UM IMPERADOR

Há um milhão de anos, um certo Ta Manduá, indivíduo solitário e orgulhoso, caminhava vagarosamente pelos cerrados do Brasil, procurando o formigueiro habitual para o seu café da manhã, algo em torno de umas mil formigas, em vez do nosso café com leite. Porém, de repente, ouviu chamar:

— Ei, Narigão! Ei, Narigão!

Baixou os olhos e viu uma formiga que, pendurada num fio de capim, agitava a pata. Ta Manduá murmurou, invocado:

— Pra começar, meu nome é Ta Manduá. E mais: tenho direito ao título de Conde da Formiga, Príncipe dos Formigueiros, Barão do Formigamento. Assim, no mínimo, me trate por Excelência.

A formiga logo gritou:

— Excelentíssimo Ta Manduá, nós nos reunimos e resolvemos nomeá-lo rei.

— Rei de quê?

— Rei dos formigueiros.

— Rei, apenas rei?

Histórias da Pré-História

— Vá lá, Imperador.

— Imperador, só Imperador?

A formiga coçou a cabeça e disse por fim:

— Digamos, então, Superimperador. Está bem assim?

Ora, para entender tal nomeação, é bom saber que Ta Manduá era o inimigo número um dos formigueiros. Com uma língua tão comprida que normalmente era obrigado a mantê-la enrolada dentro da boca como uma fita métrica de alfaiate, ele, com uma lambida fulminante, capturava um milhãozinho de formigas como se fosse nada. Desesperadas, as formigas, depois de muitas discussões, tinham tido esta boa ideia: "Nomeamos Ta Manduá Rei dos formigueiros, assim não nos comerá mais. Afinal, onde já se viu um rei que devora seus súditos?".

Ta Manduá, como vocês já devem ter notado, era muito, mas muito vaidoso. Ouvindo a proposta de se tornar Superimperador, começou a hesitar. Contudo, objetou:

— Está bem, serei o seu Superimperador. Posso deduzir que, em troca, não comerei mais formigas. Mas então, de que vou viver? O que comerei?

A formiga o tranquilizou:

— Disso cuidaremos nós. Todos os dias, há de receber uma montanha de raízes, brotos, bagas, bulbos e outras delícias. Vai ver que banquetes terá.

— Mas assim — disse descontente Ta Manduá —, vocês me obrigam a ser vegetariano.

— E daí? Vai lhe fazer bem. Além do mais, vai fazer cocô com mais facilidade. Agora, está sempre com prisão de ventre. Quando não consegue defecar, seus gritos acordam a floresta inteira.

Ta Manduá fingiu não ter escutado e respondeu:

— Está certo, aceito. Mas observe bem: pontualidade na entrega dos brotos e das raízes.

— Não duvide, confie em nós.

— E a coroação como Superimperador, quando é que vão fazer?

— O mais rápido possível, assim que tivermos terminado os preparativos indispensáveis.

E então, num daqueles dias, quando, estufado de bagas e raízes, cochilava em sua toca, eis que ouve uma risada estridente chegar-lhe aos ouvidos. Era uma risada estranha. Ta Manduá teve a impressão de que riam dele. Virou-se: na planície onde se localizava sua toca, não se via vivalma; somente, entre o capim, o costumeiro vaivém das formigas, agora seguras com a nomeação de Ta Manduá como Superimperador. Ta Manduá perguntou:

— Quem está rindo de mim?

Uma vozinha azeda respondeu:

— Eu.

— Eu quem?

Histórias da Pré-História

— Seu priminho, For Migão.

Ta Manduá pareceu incomodado. Sabia muito bem quem era For Migão: um insetozinho que ficava escondido no fundo de um buraco com paredes de areia. Assim que uma formiga lhe caía na boca, For Migão agarrava e comia a infeliz. Ta Manduá sempre havia desprezado For Migão: com todos os seus artifícios e a sua paciência, só conseguia engolir uma dúzia de formigas por dia; ao passo que ele, com uma única linguada, engolia mil. Disse contrariado:

— Pra começar, não somos primos nem nada. E depois, de que está rindo?

— Estou rindo de você, que, em troca de um título idiota, renunciou ao que existe de melhor no mundo. Conhece aquela canção?

— Não, e nem quero conhecer.

— É assim:

> *Mais vale uma formiga*
> *bem gorda e nutrida*
> *do que um ridículo*
> *e imprestável título.*

Ta Manduá, irritado, gritou:

— E quem disse?

— Você não percebe o quanto é gostosa uma formiga? — respondeu For Migão. — Não se toca? Assada, cozida, na panela, na brasa, até crua com alho e limão: já pensou bem?

Ta Manduá, furioso, mandou a língua no buraco com a intenção de varrer For Migão. Mas chegou tarde. O inseto esperto já tinha se enterrado; Ta Manduá só pegou uma grande quantidade de terra com a língua.

Chegou o dia da coroação e Ta Manduá sentou-se no trono: uma árvore escavada especialmente para ele e revestida de musgo. Primeiro, o mestre de cerimônias adiantou-se e lhe disse:

— Majestade, agora haverá a apresentação solene do formigueiro. Comecemos com os ministros que, como se sabe, logo depois do Superimperador, são os cidadãos mais importantes.

O mestre de cerimônias pôs-se de lado e os ministros vieram ao pé do trono e inclinaram-se. Ta Manduá ficou maravilhado com o número deles: trinta no total. Havia de todos os tipos: ministro dos Transportes (as formigas estão sempre transportando coisas); ministro dos Quartos e dos Corredores (os formigueiros estão cheios de quartos e corredores); ministro da Poupança (as formigas, como se sabe, são muito avarentas); ministro das Provisões (nos formigueiros há provisões em grande quantidade); ministro da Guerra (as formigas são muito belicosas); e assim por diante. Não faltava sequer, imaginem, o ministro das Relações com Ta Manduá, cargo doravante muito útil. Ta Manduá olhou-os e pensou: "Que necessidade tenho de todos esses ministros? O único ministro que me interessa é o das Provisões. Os outros não me servem para nada e por isso como todos eles". Pensar isso e estender a língua num gesto fulminante e, com uma única linguada, engolir todos os ministros menos um, foi, para Ta Manduá, uma coisa só. Hum, que delícia! Estalou a língua e gritou:

— Adiante os próximos!

O mestre de cerimônias tinha visto o conselho inteiro sumir na boca de Ta Manduá. Mas era responsável pelo cerimonial e tinha de fazer o seu trabalho. Assim disse:

— E aqui está, majestade, a sua guarda pessoal.

Houve um rufar de tambores; cerca de uma centena de soldados escolhidos avançou um passo. Ta Manduá pensou: "Para que preciso de uma guarda pessoal? Me defendo sozinho. No máximo, necessito de alguém que anuncie minha chegada com seu tambor. Todos os demais como de uma vez só". Dito e feito: desenrolou a língua e com duas lambidas varreu a guarda pessoal. O mestre de cerimônias ficou mal e tossiu para mostrar ao Superimperador que assim não dava para ir adiante. Esforço inútil! Ta Manduá lambia os bigodes e, já fora de controle, cantarolava:

Em frente, em frente, em frente
Eu devoro todos impunemente.

O mestre de cerimônias, com um fio de voz, anunciou ainda:

— Majestade, eis o invencível, heroico exército.

E, com efeito, lá vinha, do fundo da planície, avançando em colunas cerradas, estandartes erguidos, o exército das formigas. Havia de todos os tipos: tanques, infantaria, artilharia, aviação, marinha etc. etc. Ta Manduá cantou com voz cavernosa:

Sou pacifista
odeio a guerra
fora os exércitos
de toda a terra.

E mal pronunciou tais palavras, com três ou quatro linguadas bem dirigidas acabou com o exército inteiro. Só se salvou um certo Formiguinho, um soldado raso, porque prometeu a Ta Manduá, em troca da vida, coçar-lhe bem, todas as manhãs, a planta dos pés com a baioneta. O mestre de cerimônias gostaria de ter advertido então o povo das formigas que, se não quisesse acabar na boca de Ta Manduá, devia fugir. Ai de mim! Ansioso por ver de perto o seu soberano, desejoso de aplaudi-lo, o povo inteiro saiu do formigueiro e invadiu o descampado. Ta Manduá só esperava esse momento. Desceu do trono e começou a distribuir linguadas em todas as direções. Finalmente, saciado, voltou ao trono e ordenou ao mestre de cerimônias:

— Um palito de dentes!

O mestre de cerimônias, desesperado, apressou-se em levar-lhe o palito. Ta Manduá retirou dos dentes aquelas duas ou três formigas que haviam sobrado, espreguiçou-se e disse:

— Creio que a coroação transcorreu muito bem.

O mestre de cerimônias respondeu aflito:

— Pobre de mim, majestade. Mas há um pequeno inconveniente.

— E qual é?

— Não sobrou ninguém. Vossa Excelência é um Superimperador a quem só restou o mestre de cerimônias, o tocador de tambor, o ministro das Provisões e o soldado Formiguinho.

— E então?

— E então, sem um povo e um governo que o ajude a governá-lo, que espécie de Superimperador você vai ser?

Ta Manduá gritou:

— Ah, é assim! Então como você também e seus companheiros e volto a ser o que era.

Dito e feito: mandou a língua na direção do mestre de cerimônias e das outras três formigas e, com uma linguada só, fez, é bem o caso de dizê-lo, uma limpeza geral.

Desde então, os tamanduás se arrastam lentamente pelos cerrados do Brasil e, quando veem um formigueiro, aproximam-se e sussurram:

— Por acaso precisam de um imperador? Ou de um rei? Ou talvez de um presidente da república?

As formigas, sabendo direitinho o que se esconde por trás de tal proposta, apressam-se em responder:

— Xô, linguarudo!

E então o tamanduá trata de agarrar com a língua aquelas poucas ou muitas que se atrasaram no meio do capim, fora do formigueiro. Como diz o provérbio:

Melhor uma formiga hoje
que um formigueiro amanhã
mas melhor um formigueiro amanhã
do que bagas e raízes hoje.

QUANDO OS PENSAMENTOS CONGELAVAM NO AR

Vocês devem saber que há um milhão de anos, no polo, fazia muito mais frio que hoje. Sem mais nem menos, a temperatura caía para um bilhão de graus abaixo de zero. Com um frio desses, tudo congelava, até, acreditem se quiserem, até mesmo o pensamento. Bastava que alguém pensasse, por exemplo, "Mas que frio de rachar!" e imediatamente, sobre sua cabeça, se formava uma espécie de nuvenzinha de vapor e dentro da nuvenzinha, em letras de gelo pontudas e gotejantes como estalactites, podia-se ler: "Que frio de rachar!".

Tal situação de pensamentos congelados e portanto visíveis tinha acabado por levar ao resultado óbvio de que ninguém no polo tivesse a coragem de pensar o que quer que fosse. Todos tinham medo de que os outros lessem seu pensamento. Assim, ursos, pinguins, focas, cães, esquimós, ninguém pensava em nada. Enfim, era um mundo de tontos. Mas eram tontos não porque fossem absolutamente incapazes de pensar; mas sim por gentileza, por delicadeza de espírito.

Num daqueles séculos (nessa época, um século significava um dia), uma certa Mor Sa estava numa placa de gelo, curtindo o frio, imóvel, com os olhos semicerrados, sem nenhuma ideia na cabeça, exceto esta palavrinha: "Bã". Entretanto, sobre sua cabeça, com letras de gelo, dava para ler: "Bã". O que afinal queria dizer com esse "Bã" não foi possível saber.

Eis que, de repente, emergiu do mar uma tal de En Guia, toda espirituosa e sacolejante, que gritou para Mor Sa:

— Ei, Mor Sinha, escute aqui.

Mor Sa resmungou:

— Diga, En Guia.

— Escute o que me aconteceu durante minha última viagem. Imagine que estive num lugar chamado Tró Pico onde faz calor, mas um calor! E imagine: lá os pensamentos não congelam.

— Não me diga!

— É isso mesmo. Por exemplo, alguém olha para você e pensa: "Que traseirão que tem a Mor Sa!", e você ignora tal pensamento, pois lá, com aquele calor terrível, os pensamentos não congelam e portanto permanecem invisíveis.

— Quem diz que tenho um traseirão? — resmungou Mor Sa.

— Foi só um exemplo. Ouça: por que não vamos embora do polo, onde não se pode pensar nada sem que todos logo saibam tudo? Por que não vamos para as terras do Tró Pico? Se você imaginasse que prazer é pensar sem receio, em plena liberdade! Lá no Tró Pico abusei dos pensamentos.

— Em que pensava?

— Em muitas, muitíssimas coisas.

— Por exemplo?

— Hum, não sei. Por exemplo: o sol é verde. Ou então: dois e dois são cinco.

— Mas o sol não é verde! E dois e dois são quatro.

Histórias da Pré-História

— Está certo. Mas isso é o bom da coisa: você pode pensar tudo aquilo que quiser e ninguém fica sabendo.

Em resumo, En Guia tanto disse e fez que Mor Sa se deixou convencer a acompanhá-la até aquelas terras do Tró Pico. Talvez não tivesse se decidido tão rápido se, justo naquele momento, de um barco que havia encostado na placa de gelo, não tivessem descido três homens vestidos de couro e armados com bastões. Ora, no polo, todos estão sempre com os olhos virados para o céu, a fim de ver se algum pensamento congelado se desenha no espaço. Mor Sa, que olhava acima das cabeças dos três homens armados de bastão, leu com horror: "Agora, matamos uma centena destes animais estúpidos, com bastonadas no focinho, e vamos fazer muitas bolsas e sapatos". Ver tais palavras que vibravam, gotejavam no ar e pular fora da placa foi uma coisa só para Mor Sa. En Guia começou a nadar diante dela e Mor Sa colou em suas pegadas, ou melhor, em suas barbatanas. Nadaram, nadaram, nadaram, e a temperatura passou de um bilhão de graus abaixo de zero para um bilhão de graus acima de zero. *Mamma mia*, que calor! O mar fervia feito água numa panela; só que, neste caso, o fogo não estava debaixo da panela mas em cima. Mor Sa ainda não pensava em nada; depois de milhões de anos sem pensar, sua cabeça ainda estava paralisada. Mas, de vez em quando, interrogava En Guia:

— En Guia, caríssima, já está pensando?

— E quanto!

— E em que pensa?

— Penso tantas coisas sobre você.

— Por exemplo?

— Ah, não lhe digo, você poderia ofender-se.

Mor Sa ficou mal. No polo, como foi dito, ninguém pensava nada de ninguém. E agora, ao contrário, aqui temos En Guia, que, aproveitando o fato de que no Tró Pico os pensamentos permanecem invisíveis, pensava sabe-se lá que coisas antipáticas sobre ela. Fofoqueira, tonta, criatura hipócrita! De repente, Mor Sa se deu conta que pensava muito mal de En Guia; e teve a certeza de que ela, por seu lado, também pensava muito mal dela. A mesma coisa, aliás, acontecia com todos aqueles que encontrava nas terras do Tró Pico. Todos faziam os maiores elogios a Mor Sa: "Bem vinda, como é bonita, que focinho inteligente, que olhos expressivos, que lindos bigodes etc. etc.". Mas Mor Sa tinha a certeza, supercerteza de que, se estivessem no polo, ela teria lido no ar, com letras de gelo: "Só faltava isso, brutamontes, que focinheira, que olhos de porco, bigodeira obscena etc. etc.". Essa certeza de que nas terras do Tró Pico todos pensavam exatamente o contrário daquilo que diziam, envenenava a vida de Mor Sa.

Certo dia, no meio do golfo da Guiné, sob um sol

de um bilhão e meio de graus acima de zero, um indivíduo de pele escura com o nome de A. Fricano estava num barco com a mulher e os filhos e cantava uma musiquinha para En Guia, que o escutava embevecida, de boca aberta:

Enguia, Enguia,
como é lindinha
tão gorduchinha
e todavia esguia.
Enguia, Enguia
como é lindinha!

En Guia, atraída por aquelas palavras gentis, esquecendo evidentemente que nas terras do Tró Pico se diz uma coisa e se pensa outra, aproximou-se do barco. Aí, A. Fricano, rápido, lançou a rede e, num segundo, a pobre En Guia foi pescada, cortada, empanada, frita e devorada. Mor Sa assistira horrorizada ao episódio. Afastou-se pensando: "Que horror! Ah, viva o pessoal do polo, que não pensa em nada e, quando pensa, todos podem ver o que pensa".

Contudo, um pouco pela novidade dos lugares e dos costumes, um pouco por preguiça, Mor Sa não voltou para o polo. Além do mais, por que não admitir? Essa história de poder pensar sem que os outros lessem os pensamentos e sobretudo de pensar o contrário daquilo que se dizia e fazia, a fascinava. Assim, Mor Sa permaneceu nas terras do Tró Pico e adotou seus costumes. Claro que não era um mundo tão leal e transparente como o do polo; mas, em compensação, o fato de pensar por conta própria, sem controles externos, conduzia a resultados imprevistos. Por exemplo, pensa e repensa, Mor Sa chegou a pensar coisas muito elevadas, até filosóficas; coisas do gênero: quem somos? De onde viemos? Qual é o nosso destino? Por que existimos? Aonde iremos?

Eram, enfim, as perguntas que nos fazemos se, para variar, não vivemos para comer mas comemos para viver. As respostas eram: somos todos morsas; viemos do polo; nosso destino é comer peixes; existimos porque um ser superior nos criou e, lamento dizer, tem a forma de uma morsa gigante; no final, abandonaremos as terras do Tró Pico, tão falsas e mentirosas, e voltaremos à região da lealdade e da verdade, isto é, ao polo.

E esta foi de fato a conclusão da viagem de Mor Sa às terras do Tró Pico. Um belo dia, cansada de pensar uma coisa e dizer outra, Mor Sa retornou ao polo. "Sim", pensava, "não ter de pensar mais, que alívio! Ficar imóvel, vazia, sem pensamentos, por ao menos um milhão de anos!"

Coitada, ilusões. Uma vez no polo, sobre sua velha placa de gelo, Mor Sa percebeu que tinha adquirido o vício e, por mais que se esforçasse, não conseguia dei-

Histórias da Pré-História

xar de pensar. É claro que todos os seus pensamentos apareciam imediatamente acima de sua cabeça, escritos em cintilantes e diáfanas palavras de gelo. Ursos, pinguins, focas, peixes e peixinhos viam tais pensamentos congelados e tratavam de fugir para bem longe dela. Sim, porque no polo, então, pensar era considerado, no mínimo, inconveniente; tal como, para nós, andar nu pelas ruas.

A pobre Mor Sa por seu lado, vendo que seus velhos amigos a evitavam e fugiam dela, não podia deixar de pensar o pior sobre eles. Tais pensamentos prontamente se exprimiam em nuvenzinhas cheias de injúrias e invectivas congeladas, e assim a distância entre Mor Sa e a gente do polo crescia, tornava-se insuperável. Logo, Mor Sa acabou sozinha sobre sua placa, solitária para sempre.

Desde então, a temperatura subiu muito no polo, de modo que os pensamentos já não congelam, tornaram-se invisíveis. Apesar disso, Mor Sa adquiriu o hábito da solidão e não se dá mais com ninguém. Sozinha sobre sua placa, pensa. O que pensa? Pensa com nostalgia nos tempos em que não se pensava porque os pensamentos eram visíveis. Bons tempos despreocupados, ainda que frios!

POBRE PIN GUINZÃO QUE ACREDITA NO GELO

Há cerca de meio bilhão de anos, um tal de Pin Guinzão, professor de geografia, estava em cima de uma placa de gelo, esperando seus alunos para mais uma aula. Faltavam apenas cinco minutos e ainda não se via ninguém; mas Pin Guinzão não estava muito preocupado: no polo, com aquele frio, os jovens, todo mundo sabe, não têm muita vontade de sair de casa.

Pin Guinzão era um bom pai de família. Tinha uma mulher que se chamava Pin Guinzinha e somente trinta e seis filhos que se chamavam todos Pin Guinzinho e se distinguiam uns dos outros por um número: Pin Guinzinho primeiro, Pin Guinzinho segundo, Pin Guinzinho terceiro e assim por diante, até Pin Guinzinho trigésimo sexto. Pin Guinzão morava numa ilha de gelo que, desde tempos imemoriais, estava no meio de um fiorde, que é, em geral, uma enseada marinha longa e estreita fechada entre montanhas nevadas. A ilha de gelo de Pin Guinzão ficava bem no fundo de uma enseada desse tipo.

Na ilha, Pin Guinzão havia construído com blocos de gelo uma casa para si e sua família, uma escola e um pequeno edifício redondo que lhe servia de gabinete. Os alunos vinham das montanhas nevadas que circundavam o fiorde por todos os lados. Eram jovens de boas famílias de pinguins, focas, ursos brancos, leões-marinhos. Mas não faltavam sequer alguns balenopterídeos e filhos de cachalotes. A escola tinha bom nome e Pin Guinzão gozava da fama de professor capaz e culto.

A aula começava, então, às nove. Deram nove, nove e cinco, nove e dez, nove e quinze e não apareceu ninguém. Nervoso, Pin Guinzão começou a olhar com mais frequência, ora para as águas obstinadamente desertas do fiorde, ora para os ponteiros do relógio. O que estava acontecendo? Pin Guinzão não entendia mesmo porque seus alunos, todos rapazes sérios, aplicados e estudiosos, estavam demorando tanto.

Depois, lançando um olhar ao redor, entendeu de repente: durante a noite, a ilha de gelo na qual morava tinha se movido! Estivera sempre no fundo do fiorde. Agora, estava na entrada. De fato, por entre duas montanhas recobertas de neve, agora se vislumbrava o mar aberto até o horizonte mais distante. Assim se explicava a ausência dos estudantes: tinham saído de casa para a aula e não encontraram mais a ilha em que estava a escola.

Pin Guinzão olhou para as montanhas, depois para o mar aberto. Era a primeira vez que o via pois, embora fosse professor de geografia, jamais saíra de seu fiorde. E ficou muito impressionado. Imenso, de um azul escuro quase negro, calmo e liso como vidro, aparecia salpicado de ilhas de gelo mais ou menos semelhantes à sua. Ao ver todas aquelas ilhas, Pin Guinzão sentiu-se tranquilizado. Simplesmente, durante a noite, a sua ilha se afastara de leve. Agora, tinha de avisar os alunos e tudo voltaria a ser como antes.

Reanimado, Pin Guinzão fez um movimento para entrar em casa. Tinha muito o que fazer; entre outras coisas, estava escrevendo um livro científico sobre o gelo, no qual demonstrava que o gelo era um material de construção como a pedra ou o ferro, de igual resistência ao desgaste do tempo e praticamente eterno. Mas uma voz o fez estremecer. A voz cantava, zombeteira:

Pin Guinzão, Pin Guinzão
o que vai ser da sua lição
se seu gelo é uma ilusão?
Pin Guinzão, Pin Guinzão
preste atenção
na revolução.

Pin Guinzão era um homem moderado e tranquilo, mas irascível. Teve a impressão de que aquela voz estava zombando dele. Gritou furioso:

— Quem é você?

A voz respondeu:

— Eu.

— Eu quem?

— Eu, Cala Mar.

Era, realmente, Cala Mar, indivíduo bem estranho: dizia a verdade na cara de qualquer um; mas era pouco corajoso. Assim, mal acabava de dizer as coisas, espalhava ao seu redor uma enorme quantidade de tinta e desaparecia. Pin Guinzão, irritado, insistiu:

— Que história é essa de que o gelo é uma ilusão?

E Cala Mar, pérfido:

— Até mais, Pin Guinzão. E lembre-se: um homem prevenido vale por dois.

Pin Guinzão, furioso, atirou-se ao mar. Queria pegar Cala Mar e dar-lhe uma lição, mas não de geografia. Esperança vã! Cala Mar já havia sumido em sua tinta. Ali, onde há pouco se via sua cabecinha em forma de capuz, agora se espalhava na água marinha uma grande mancha escura.

Contudo, Pin Guinzão, embora zangado, se reanimou depois que olhou de novo em volta. Tudo estava no lugar, tudo normal: lá estavam as montanhas de sempre, o velho fiorde, o mar aberto, espalhadão, até o horizonte de ilhas de gelo parecidas com a sua. Lá estava, enfim, o sol, que como de hábito brilhava mas não aquecia porque, como sempre no polo, fazia um frio de lascar. Pin Guinzão pensou em dar a aula no dia seguinte. Era uma aula que julgava muito importante. O tema era o mesmo de seu livro: o gelo é eterno, nem mais nem menos que a pedra. Visto que naquele dia não daria aula, Pin Guinzão pensou em distrair-se. Que fazer? Depois de ter pensado um pouco, Pin Guinzão decidiu que a melhor distração seria um banquete dos bons. Com efeito, o que há de mais divertido do que empanturrar-se bastante? Pin Guinzão foi para casa e gritou para a mulher:

— Põe a panela maior para ferver. Hoje, ração tripla de peixe!

Assim, naquele dia de folga, Pin Guinzão comeu três rações de peixe e outro tanto comeram Pin Guinzinha e os trinta e seis Pin Guinzinhos. *Mamma mia*, que comilança! Depois do almoço, ficaram todos com muito sono e assim foram para a cama e dormiram vinte horas seguidas. Às oito, Pin Guinzão acordou e disse para a mulher:

— Vou dar minha aula e volto na hora de sempre.

Pin Guinzinha perguntou:

— Também hoje ração tripla?

— Não, hoje, ração cotidiana.

Pin Guinzão saiu de casa, olhou em volta e então coçou os olhos com a barbatana: acreditava estar vendo coisas. Tudo, de fato, parecia mudado: desapareceram as duas montanhas nevadas na embocadura do fiorde, desaparecera o próprio fiorde! E onde tinham ido parar as inúmeras ilhas de gelo que no dia anterior estavam espalhadas no mar aberto? Tinham sumido também! O sol resplandecia sobre um mar calmíssimo mas completamente deserto. Pin Guinzão sacudiu a cabeça, esperando ter visto mal, e voltou a olhar arregalando os olhos: não, era isso mesmo: a ilha se encontrava em mar aberto e estava só, inteiramente só, naquela imensidão azul, sozinha com suas três construções de gelo: a escola, a casa e o gabinete. Pin Guinzão aproximou-se da margem da ilha e observou a água. Aí se deu conta de que a ilha se movia numa velocidade impressionante. Pelo menos, calculou, cem quilômetros por hora.

Pin Guinzão não disse nada. Voltou para casa, foi procurar o barrilzinho de um certo licor chamado "Néctar do Polo"; feito isto, ele e a mulher beberam e beberam até que não restasse uma única gota. Acabaram de beber à meia-noite e então saíram de casa; estava claro como de dia, pois no polo existe o sol da meia-noite. Entusiasmados, Pin Guinzão e Pin Guinzinha dançaram abraçados, à luz do sol da meia-noite, enquanto sua ilha corria perigosamente pelo mar afora. E mesmo dançando, cantavam:

Mas que ilusão!
Mas que revolução!
Enquanto houver gelo
danço, bebo e engulo
uma arroba de peixe
a cada refeição!

Aquela noite, Pin Guinzão e Pin Guinzinha dormiram extremamente bem: pudera, com aquela bebedeira! Na manhã seguinte, Pin Guinzão se levantou e saiu de casa meio tarde. Sua cabeça doía: tinha dificuldade para se aguentar nas pernas. Então, por incrível que pareça, descobriu que a ilha, que continuava correndo a grande velocidade pelo mar aberto, tinha se tornado visivelmente menor. A casa, que um dia antes se localizava a uma certa distância da margem, agora se encontrava à beira-mar. E mais: a escola havia perdido uma ala inteira, a que abrigava a biblioteca. Por fim, a pequena construção destinada ao gabinete havia sumido completamente. Onde tinha ido parar tudo aquilo? Evidentemente no mar. Mas por que tinha acabado no mar? Aqui começavam as dificuldades. Pin Guinzão tinha sempre afirmado que o gelo não podia derreter; era como a pedra; e não tinha a menor vontade de admitir que se enganara. Além disso, raciocinava, por que o gelo tinha de se dissolver? Tudo permanecia idêntico, nada havia mudado. Pin Guinzão, na realidade, não se dera conta de um fato muito simples: que a ilha corria rumo ao sul e que, por isso, à medida que o tempo passava, o sol se tornava mais quente.

Pin Guinzão bebeu um grande gole do "Néctar do Polo" e foi se trancar no escritório, que era todo murado com blocos de gelo. Ali, protegido das surpresas que podiam advir do mundo externo, dedicou-se à escrita de um livro importantíssimo intitulado: *O gelo não derrete*. Assim se passaram alguns dias. Pin Guinzão escrevia, escrevia e escrevia; não saía de seu escritório feito de gelo, no qual fazia uma temperatura de, pelo menos, cem graus abaixo de zero. Para comer, havia levado uma certa quantidade de peixinhos congelados, duros e enrijecidos como solas de sapato. De vez em quando, pegava um e o mordiscava, continuando a escrever. *O gelo não derrete* tornou-se assim um manuscrito com cerca de trezentas páginas, no qual Pin Guinzão defendia a sua teoria de que o gelo era um material completamente semelhante à pedra, isto é, igualmente inalterável e duradouro.

Escreve, escreve e escreve, Pin Guinzão escreveu finalmente a última página e depois esticou a barbatana para pegar o último peixinho. Antes não o tivesse feito! O peixinho, que, ao que parece, não estava mais congelado, mordeu-lhe a barbatana com fúria. Pin Guinzão lançou um urro de dor, abaixou os olhos e então viu que o chão do escritório tinha derretido e que havia um grande buraco através do qual se podia ver o mar. Desse buraco despontava a cabeça do peixinho que tinha mordido Pin Guinzão. O peixinho cantarolou:

> *Pin Guinzão, Pin Guinzão*
> *para que continuar*
> *se vai afundar?*
> *Pare de escrever*
> *pule n'água*
> *aprenda a nadar.*

Ditas essas palavras, o peixinho desapareceu; e aí Pin Guinzão se precipitou para fora do escritório.

Aquilo que viu deixou-o de queixo caído. A ilha de gelo já quase não existia; a escola tinha sumido; da casa restava somente o escritório e em seu teto estavam amontoados, muito assustados, Pin Guinzinha e os trinta e seis Pin Guinzinhos. E ao redor da placa de gelo restante, o mar do Equador fumegava, fervia e cintilava sob o sol fritante. Pin Guinzinha gritou:

— O que vamos fazer?

Histórias da Pré-História

O marido não respondeu. Olhava em volta e não sabia o que fazer. Via que a ilha de gelo tinha derretido; mas não queria admitir que havia se enganado. Quem salvou a situação foi um dos Pin Guinzinhos, precisamente o décimo oitavo. De repente, seguindo sem saber o conselho do peixinho ex-congelado, gritou todo lépido:

— Papai, estou com muito calor, vou entrar na água e tomar um banho — e, com um belo salto, atirou-se no mar.

Todos os outros irmãozinhos o seguiram imediatamente; depois foi a vez da mamãe; e, enfim, embora mortificado por deixar que o filho tomasse a iniciativa, Pin Guinzão lançou-se ao mar. De qualquer modo, o gelo tinha se reduzido a um véu; se não pulasse, teria igualmente acabado no mar.

Como Pin Guinzão, Pin Guinzinha e os trinta e seis Pin Guinzinhos voltaram ao polo a nado, é uma outra história. Basta que saibam que tudo hoje está como no início: a família vive numa ilha de gelo, Pin Guinzão ensina geografia. Mas o tema de suas aulas mudou. Agora é o seguinte: "O gelo não é eterno: causas e consequências". Como diz o provérbio:

> *Quem acredita no gelo*
> *acaba no degelo.*
> *Nada é eterno*
> *nem o inverno.*

GI RAFA BUSCA A SI MESMA

Vocês devem saber que há mil bilhões de anos vivia sozinha, numa pradaria pontilhada por pequenas moitas espinhosas, uma tal Gi Rafa, cuja peculiaridade era nunca ter se olhado num espelho. Vão dizer: "E desde quando existem espelhos nas pradarias?". Respondo: "Certo. Nas pradarias não há espelhos. Mas existem muitos animais da mesma espécie. Eles se confrontam; cada um vê que, mais ou menos, o outro se parece com ele e isso é como se tivesse olhado num espelho. Os outros, enfim, são os nossos espelhos".

Todavia, Gi Rafa tinha crescido na pradaria completamente sozinha. Nenhum quadrúpede como ela num raio de mil quilômetros; somente aves e também insetos.

Alguém dirá, a essa altura: "Mas não tinha mãe, não tinha pai essa Gi Rafa?". Bem, sim, ela tivera, como todo mundo, pai e mãe; mas infelizmente, todos os dois tinham morrido, de um jeito bastante estranho. Um certo dia, quando Gi Rafa ainda era muito pequena, os dois tinham tentado comer uma flor vermelha que se encontrava no cume de uma árvore altíssima. Para chegar até a flor, os pais de Gi Rafa puseram as cabeças em forqui-

Histórias da Pré-História

lhas bem estreitas, formadas por galhos da árvore. Comeram a flor, três pétalas cada um, mas depois não conseguiram mais retirar o pescoço das forquilhas. Como, para alcançar a flor, tinham se levantado na ponta das patas, os dois infelizes ficaram dando chutes no ar, debatendo-se, até morrer. Enquanto isso, Gi Rafa pastava nas moitas baixas, adequadas à sua modesta estatura. De moita em moita, afastou-se e, por fim, encontrou-se completamente só naquela vastíssima pradaria.

Portanto, Gi Rafa cresceu em completa solidão até o momento em que tem início a nossa história. Era realmente um exemplar magnífico de sua espécie: dois metros e meio de comprimento, três de altura até o rabo e quatro até a cabeça. Pois vocês nem vão acreditar: Gi Rafa, por falta de espelhos, estava convencida de não ser mais alta do que um bassê, ou seja, apenas vinte ou trinta centímetros acima do chão. E, de fato, frequentemente dizia: "Nós, as baixinhas. Eu, que sou tão miudinha".

Ora, Gi Rafa, naquela pradaria onde vivia, tinha feito amizade com uma ave, uma certa Gar Ça, criatura cáustica e dada ao sarcasmo. Um dia, numa conversa fiada, quando Gi Rafa estava dizendo: "Sou tão pequenina que às vezes tenho até medo de que uma águia me prenda entre suas garras e me carregue sei lá para onde, para depois me devorar", Gar Ça deu uma grande risada de deboche. Gi Rafa, ressentida, perguntou:

— Dá para saber de que está rindo? Qual é a graça? Sou pequena e as águias me dão medo, que há de estranho nisso?

Gar Ça disse:

— O estranho é que as águias é que deviam ter medo de você. A menos que a águia que a carregasse fosse grande feito uma montanha, tendo garras com um braço de comprimento e bico idem.

Resumindo: Gar Ça e Gi Rafa brigaram e se xingaram de todas as maneiras. Depois, Gar Ça voou e Gi Rafa ficou sozinha.

No mesmo instante lhe veio uma dúvida. Tinha notado que, enquanto brigava com Gar Ça, várias outras aves, empoleiradas pelas árvores, rachavam o bico de tanto rir toda vez que ela falava de sua pequenez. E se Gar Ça tivesse razão? Mas como faria para descobrir? Pensa e repensa, Gi Rafa decidiu sair pelo mundo com o objetivo de averiguar o que ela era de fato. Tinham lhe dito, por exemplo, que num certo país distante viviam animais providos como ela de quatro patas, que se chamavam Le Ões. "Vai ver", pensou Gi Rafa, "que eu sou um Le Ão?"

Anda que anda, Gi Rafa atravessou duas ou três florestas, uns dois desertos, três cadeias de montanhas e, por fim, desembocou na terra dos Le Ões. Lugar plano, com raras árvores, raras moitas, terreno arenoso, não muito diferente da pradaria em que havia crescido. Gi

Rafa, depois de rondar por ali algumas vezes, topou com uma família inteira de Le Ões. Ali estavam o Le Ão pai, a Le Oa mãe e quatro filhotes, isto é, os Le Õezinhos. O coração de Gi Rafa batia mais rápido enquanto se aproximava dessa bela família. De longe, gritou:

— Salve, amigos. Vim morar com vocês.

A Le Oa bocejou: tinha comido no café da manhã somente meio Bú Falo e ainda tinha apetite. O Le Ão, coi-

Alberto Moravia

tado, tinha tido de se contentar com um An Tílope e ficara com um certo vazio no fundo do estômago. Os Le Õezinhos, por sua vez, estavam até famintos: só tinham comido uma Ga Linha D'An Gola cada um. A família inteira estava portanto muito logicamente a ponto de arremessar-se sobre Gi Rafa e comê-la, quando, para sua sorte, passou uma grande Ze Bra. Pular sobre ela, matá-la e devorá-la foi tudo uma coisa só. Gi Rafa pensou: "É verdade, nunca matei ninguém. Mas se sou um Le Ão, tenho de fazê-lo. Vejamos". Transitava por ali naquele momento, ensimesmado, um certo Ja Vali Africano. Gi Rafa, imitando os Le Ões, tomou impulso e pulou em cima dele. Antes não o tivesse feito! Sua boca delicada nem conseguiu arranhar a pele grossa do Ja Vali Africano; uma patada a obrigou a largar a presa; um empurrão fez com que rolasse na poeira. Ja Vali Africano gritou:

— Mas quem você pensa que é? Um Le Ão?

— Exatamente.

— Mas vai se olhar no espelho, sua doida.

Assim, as aventuras de Gi Rafa em busca de si mesma continuaram. Ora acreditava ser um elefante, só para dar-se conta quase de imediato de que lhe faltava aquele nariz despropositado para envolver, arrancar e levar à boca a erva alta da savana. Ora se iludia de que era um tamanduá, e aí se inclinava para lamber o ninho das formigas, tendo como resultado que estas lhe picavam a

Histórias da Pré-História

língua e a língua inchava incrivelmente. Ou então acreditava ser uma hiena e se atirava sobre as carniças, para depois retroceder, decepcionada.

Gi Rafa já não sabia para onde ir. Certa noite, depois de ter procurado em vão um lugar onde abrigar-se e dormir; depois de ter tentado, na ilusão de ser uma serpente, enfiar-se numa toca em que vivia uma tal de Co Bra e ter constatado que não podia encaixar ali nem o focinho, desanimada, deitou-se ao ar livre, no meio de uma grande pradaria iluminada pela lua cheia. Dormiu pra valer, estava morta de cansaço. Acordou tarde e ficou estupefata quando, levantando-se e olhando ao redor, viu que a vasta pradaria era pontilhada por raras acácias e que, junto de cada uma, havia um animal muito estranho, que, em vez de comer capim, esticava o pescoço para colher folhas nos ramos mais altos da árvore. Como eram aqueles animais? Extravagantes, incríveis, inverossímeis: Gi Rafa não podia acreditar em seus próprios olhos. Tinham a cabeça minúscula, de gazela, em cima de um pescoço altíssimo, piramidal; corpo maciço, mais alto na frente que atrás; pernas intermináveis. E, para completar, manchados como leopardos. E o que mais? Gi Rafa olhou, olhou, e depois explodiu numa risada incontrolável. Entre uma risada e outra, repetia:

— Não é verdade, não pode ser verdade, sou eu que estou vendo dobrado.

Naturalmente, as outras Gi Rafas, pois de fato se tratava de animais em tudo similares a ela, ficaram extremamente ofendidas. Começaram a gritar de longe:

— Tonta, qual é a graça?

Gi Rafa respondeu:

— É que vocês são tão engraçadas.

— Somos tão engraçadas quanto você.

— Que tenho eu a ver? Sou diferente de vocês.

— Ah, sim. Então segura este — e, dizendo isso, uma das girafas se aproximou e lhe deu um pontapé na barriga, logo imitada por todas as outras.

Teriam acabado com ela se, de repente, uma velha Gi Rafa com ar grave e meditabundo não tivesse intervindo com autoridade:

— Ei, vocês aí, deixem-na em paz. E você, diga-me: como pensa que é? Quem pensa que é?

Diante de tal pergunta, Gi Rafa ficou embaraçada:

— Penso ser... penso ser diferente de vocês.

— Entendi. Então venha comigo.

Gi Rafa seguiu docilmente a sua salvadora. Esta levou-a para dentro de uma floresta profunda, até um charco.

— Agora, suba até aquele montinho e olhe na água do charco.

Gi Rafa obedeceu, subiu no montinho. Ai de nós, justo no momento em que ela observava, Croco Dilo, morador do lugar, arreganhou a bocarra, armada de dentes cerrados e agudíssimos. Gi Rafa era tímida e medrosa; aqueles dentes deixaram-na aterrorizada: pulou do montinho e saiu correndo. Mais tarde voltou para junto das girafas e a quem lhe perguntava se tinha se olhado n'água, respondia:

— Sim, olhei, sou exatamente como vocês, tal e qual.

Desde esse dia, Gi Rafa faz parte do rebanho e não pretende mais ser diferente das companheiras. Mas, dentro de si, não pode deixar de dizer: "Não me vi no charco porque Croco Dilo estava lá. Portanto, não dá para saber se sou parecida com elas ou não. No que me diz respeito, diria mesmo que não".

Alberto Moravia

NÃO CONVÉM AMAR UMA CEGONHAZINHA

Há alguns bilhões de anos, um certo Coru Jão, velho particularmente misantropo, morava numa gruta que se abria no meio de uma parede rochosa, a qual, na parte alta, parecia subir até o céu e, na parte baixa, mergulhar num abismo sem fim. Da gruta avançava sobre o vazio um esporão rochoso; dali toda noite Coru Jão alçava voo para caçar um rato ou dois para o almoço do dia seguinte. Coru Jão nunca tinha querido se casar. Dizia: "Ah, não sou nada tonto; por que iria trazer uma estranha para dentro de casa?". As tarefas domésticas ficavam por conta de um camareiro, chamado Mor Cego, bom e afetuoso, que, contudo, tinha o péssimo hábito de ficar o tempo todo de cabeça para baixo, pendurado no teto pelas pontas dos dedos. Este hábito, segundo Coru Jão, influía — e como poderia ser diferente? — sobre as ideias de Mor Cego. "Ficando de cabeça para baixo", observava Coru Jão, "só pode mesmo ter ideias de ponta-cabeça."

A observação logo foi confirmada. Num certo crepúsculo, Coru Jão encontrava-se em sua sacada de pedra preparando-se para levantar voo e ir caçar ratos, quando, lá no fundo, longe, longe, no límpido céu vespertino, viu

Histórias da Pré-História

alguma coisa parecida com uma echarpe branca e ondulante que se aproximava ora alongando-se, ora encolhendo. O que era aquilo?

Coru Jão perscrutou a echarpe e por fim entendeu: era um bando enorme de Ce Gonhas que, como acontece todo ano no final do outono, migravam para passar o inverno no sul.

Coru Jão não suportava Ce Gonhas, aves inquietas que não sossegam nunca: uma hora estão em cima de um campanário na Alemanha e logo aparecem num baobá na África. "Será que vou ter de emigrar?", dizia Coru Jão, "quem sabe junto mala e cuia e parto rumo ao lago Tchad?" Assim, também naquela noite, Coru Jão, como tantas outras vezes, retirou-se para o fundo de sua gruta e ali permaneceu imóvel, com os olhos amarelos arregalados no escuro, à espera de que o bando terminasse de passar.

As Ce Gonhas, não sei quantas, puseram-se a desfilar diante da gruta. Eram centenas e faziam um barulhão, pois são aves tagarelas e, mesmo voando, não param de falar sequer um momento.

Coru Jão observava aquele rio de plumas brancas deslizar lá em baixo, fora da gruta, e sua antipatia era tanta que mexia as pálpebras sobre os olhos fosforescentes como se alguém lhe tivesse dado uns tapas. Finalmente, passaram também as últimas Ce Gonhas retardatárias e depois, graças a Deus, mais nada.

Coru Jão deu um suspiro de alívio, esperou um pouco mais, e tão logo teve certeza de que o bando de Ce Gonhas estava distante, saiu da gruta. Mas eis que, justo no momento em que estava para alçar voo, alguma coisa caiu por cima dele com tanta violência que por pouco não o arrastou. Assim que se recuperou, viu que a bólide era uma Ce Gonha bem pequena, jovenzinha, e que estava visivelmente perturbada. Após um momento, disse a Ce Gonha, ainda toda arquejante:

— Onde está, onde foi parar?

— Mas quem?

— O meu bando, o bando das Ce Gonhas.

— Ih, já faz uma hora que passou por aqui.

Vocês já viram uma Ce Gonha chorar? Eu não; mas consigo imaginar muito bem. A pequena Ce Gonha caiu em lágrimas e não parava mais de soluçar. Entre um soluço e outro, veio à tona sua história: voando junto com o pai, a mãe e cinco irmãos e irmãs, Gonina (assim se chamava a jovenzinha) tinha feito um movimento em falso e entortara uma asa. Por isso ficou para trás, snif, snif, snif, e se naquele instante não tivesse encontrado aquele esporão providencial, snif, snif, snif, na certa teria caído feio no chão, snif, snif, snif, para ser depois devorada, snif, snif, snif, por uma das tantas feras, snif, snif, snif, para quem a Ce Gonha é uma saborosa refeição.

Dessa conversa toda, Coru Jão só entendeu uma coisa: que Gonina não podia prosseguir no voo e por isso teria de permanecer por algum tempo na gruta, pondo assim em perigo a sua prezada solidão. E já estava para responder: "E eu, o que posso fazer? Por que não vai pedir guarida a um de seus vários parentes, por exemplo, seu tio Mara Bu ou então o primo Tân Talo? Eles têm ninhos grandes; eu, veja só, tenho apenas esta grutazinha que, para piorar, tenho de dividir com Mor Cego", quando, do fundo da gruta, chegou-lhe a voz, justamente, de Mor Cego, que dizia:

— Co Rujão, não faça besteiras, esta é a grande chance de sua vida e você não pode deixá-la escapar.

— Mas que chance?

— De livrar-se de uma vez por todas da solidão e da misantropia, acolhendo em sua nova gruta uma criatura nova, jovem, uma presença branca, luminosa, solar.

— Mas eu sou notívago: na minha idade, certos hábitos já não podem ser mudados.

— Você vai ver, Coru Jão, que irá mudá-los.

— Você fala assim porque está de ponta-cabeça.

— Melhor de cabeça para baixo do que sem cabeça, Coru Jão.

Resumindo, Gonina não só permaneceu na gruta, esperando se recuperar, mas, exatamente como Mor Cego tinha previsto, Coru Jão mudou seus próprios hábitos. Não voava mais à noite, com as estrelas e a lua, mas de dia, em plena luz do sol. Não caçava mais ratos imundos, pretos e peludos, mas sim frescos e prateados peixinhos. Até a voz dele havia mudado: de um tagarelar rouco para um murmurar harmonioso. A que se devia mudança tão radical? Simples: ao amor. Coru Jão tinha se apaixonado por Gonina, não a deixava um só momento. Assim, passou a ser comum vê-los juntos, ao longo dos rios e à beira dos lagos, lugares preferidos por Gonina, ela branca e desengonçada, elegantíssima em sua pernaltice e com seu bico comprido; ele, ao contrário, escuro e atarracado, redondo feito uma bola, com seu bico recurvado e os enormes olhos de escrivão.

Mas Coru Jão, mesmo apaixonado, tinha medo; nos momentos em que Gonina não o escutava, dizia ao confidente Mor Cego:

— Acho que esta Gonina é uma esperta de carteirinha: você lhe dá a mão, e ela já quer o braço.

Histórias da Pré-História

Mor Cego, porém, lhe respondia:

— Mesmo que lhe dê o braço, ainda será pouco.

Coru Jão bronqueava:

— Chega, você fala assim porque está de cabeça para baixo e vê tudo ao contrário.

A essa altura, Mor Cego retrucava:

— Quisera o céu que ao menos uma vez na vida você visse as coisas de ponta-cabeça.

Entretanto Gonina não só tinha se curado, mas também estava grande e bonita. Continuava a morar na gruta de Coru Jão; mas saía bastante, misteriosamente, tanto que Coru Jão, enciumado, passou a vigiá-la e logo descobriu que sua hóspede andava visitando um certo Ce Gonhito, figura bem conhecida por suas proezas de Don Juan inveterado. Coru Jão arriscou uma reprimenda; antes não o tivesse feito, não precisaria ouvir esta resposta:

— Vejo quem quero e me agrada, e você, cale o bico.

Coru Jão, mortificado, foi desabafar com Mor Cego. Mas a resposta foi a de sempre:

— Vendo as coisas de minha ótica, de ponta-cabeça, digo-lhe que você tem sorte. Gonina o trai: bem, isso é melhor que nada.

Com essa ideia de que qualquer coisa, até a traição, era melhor que nada, Coru Jão enfim aceitou construir o ninho no qual Gonina iria educar seus filhos e os de Ce Gonhito. Assim, o pobre velho foi visto voando para frente e para trás, levando no bico feixes de feno, pedaços de papel, lanugens, ramos e galhinhos, canudos de caniço, trapos, ou seja, todo tipo de material para tornar mais sólido e mais confortável o ninho dos filhos que não eram seus. Mas Mor Cego, obstinado, continuava advertindo:

— Não se lamente. Assim, pelo menos, você vive. Antes, o que era? Um morto.

Agora o ninho, enorme, estava equilibrado no vazio, em cima do esporão rochoso de sempre. E quando cinco Ce Gonhitos romperam os ovos e começaram a fazer um barulho dos diabos, com seus bicos estendidos para cima, fora do ninho, exigindo comida com prepotência, quem foi que se desdobrou em quatro para levar-lhes todo tipo de vermes, lesmas e insetos senão, claro, nosso velhote Coru Jão? Porém, Mor Cego não se apiedava:

— Pronto, agora você tem uma família de verdade. O que mais quer? Felizardos como você, existem poucos.

E acabou que, entre uma coisa e outra, certo dia, Coru Jão ouviu dizer, despachadamente, do bico de Gonina:

— Bom, caríssimo Coru Jão, chegou o momento de nos separarmos. Estou sentindo uma estranha coceira nas asas, uma espécie de cãibra nas pernas, um certo tremor no peito: tudo me diz que meus filhotes e eu estamos a ponto de migrar. E você, o que vai fazer? Vem conosco ou fica por aqui?

Coru Jão caiu das nuvens:

— Como? Não me diga que vai embora?!

— Claro que sim, nada mais me prende aqui.

— Sequer um sentimento, não diria de amor, mas pelo menos de gratidão?

— O único sentimento que me toca é uma grande vontade de voar o mais rápido possível.

— Tente controlar-se.

— Impossível. É mais forte do que eu.

Coru Jão, desesperado, insistiu:

— Mas aonde você vai? Sabe ao menos aonde vai?

Gonina respondeu, ressentida:

— Nós Ce Gonhas jamais sabemos para onde vamos. Temos de nos mover, eis tudo.

— Mas suas companheiras que retornam devem ter--lhe dito onde estiveram.

Gonina disse meio vagamente:

— Dizem que num lugar muito distante existe um lago imenso com uma luz gigantesca no céu. No lago, há tantas, tantas aves que esvoaçam sobre a água, pescam peixes dos grandes, sacodem os piolhos, tomam sol, são felizes.

— E eu, na sua opinião, também seria feliz nesse lugar tão longe?

— Você só é feliz, acho eu, no escuro, de noite, quando sai para caçar ratos e depois volta para a toca com um ratão e Mor Cego o cozinha para você comer.

Que fazer? Mor Cego, consultado, sentenciou:

— Melhor um dia de cegonha que cem anos de coruja.

Gonina já se preparava para a partida. Aí Coru Jão se decidiu e anunciou que iria junto. Partiram de madrugada. Do esporão, levantaram voo, primeiro, Gonina, depois, os cinco filhotes, por fim, Coru Jão. Mor Cego, esse ficou na gruta, mas prometeu que haveria de alcançá-los assim que tivesse notícias deles. E então gritou para Coru Jão, sempre de ponta-cabeça:

— Você acertou em partir: só se vive uma vez.

Voa, voa, voa, Coru Jão logo se deu conta de que não iria aguentar. Gonina tinha asas compridas, mas ele, bem curtas; ela possuía pulmões reforçados, mas ele, pequenos e estreitos; ela enxergava muitíssimo bem, mas ele ficava ofuscado pelo sol. Certa manhã, quando sobrevoavam um mar imenso que era todo um deslumbramento de luzes, Coru Jão avistou uma ilhota e então implorou a Gonina:

— Vamos parar um pouco ali, naquele rochedo, assim nos recuperamos.

Gonina respondeu:

— Pare você, nós prosseguimos.

— Mas estou cansado.

— Pior para você.

Esta dureza do coração de Gonina ajudou Coru Jão

Histórias da Pré-História

a decidir-se. Sem se despedir de ninguém, desceu na ilhota, ficou ali algumas horas, completamente só, contemplando tristemente o mar, até que retomou o voo, mas desta vez de volta à sua gruta. Encontrou tudo conforme tinha deixado. Mor Cego, que continuava de ponta-cabeça, gritou-lhe logo:

— Vai se lamentar a vida inteira por não ter ido até o lago.

Coru Jão nem lhe respondeu; inspecionou a gruta, encontrou uma longa pena branca, provavelmente caída de uma asa de Gonina. Pegou-a com o bico e saiu para o esporão. Ali estava o ninho, intacto e enorme, todo acolchoado por dentro com penugens e feno. Coru Jão abriu o bico e a pena branca caiu no abismo. A seguir foi a vez do ninho: empurrado por Coru Jão, oscilou, ficou um instante balançando na beira do esporão, e aí caiu, rodopiando até desaparecer. A lua começava a surgir: sob aquela luz prateada se descortinava toda a imensa planície na qual Coru Jão costumava caçar. Coru Jão disse:

— Bem, vou buscar um rato para amanhã.

Mor Cego gritou, de ponta-cabeça:

— Como vamos prepará-lo?

Coru Jão respondeu:

— No forno — e saiu voando.

UM BOM CASAMENTO COMEÇA PELO NARIZ

Há dois bilhões de anos, num baobá, perto de uma aldeia africana, vivia um certo Mara Bu, conhecido em toda a vizinhança por ser um poço de ciência e um mar de sabedoria. Corcundinha, cabeça encaixada entre os ombros, firme nas patas altas e sutis, bico enorme virado para o chão, olhos semicerrados, Mara Bu passava a melhor parte de seu tempo em cima do ramo mais alto da árvore. O que fazia lá em cima? Pensava, ao menos

Histórias da Pré-História

era o que dizia a quem lhe perguntava. Ainda que, ao observá-lo, a gente percebesse que tinha a cabeça muito pequena e o bico muito grande, claros indícios de poucas ideias e vasto apetite. Pensava, e sua fama era tão difundida, que de todos os lados chegava gente para pedir-lhe conselhos. Mara Bu, em geral, primeiro verificava se aqueles que recorriam a ele tinham trazido algum presente; depois, levava um bom tempo refletindo e pedia para que voltassem dali a uma semana ou um mês. No fim, emitia seu juízo, que, quase sempre, dava razão a todos e não condenava ninguém.

De vez em quando, ao meio-dia e às sete, isto é, na hora do almoço e do jantar, Mara Bu parava de pensar, afastava-se da árvore voando e baixava planando até os presentes que a clientela daquele dia tinha acumulado aos pés do baobá. Em que consistiam aquelas ofertas? Sem hesitar: comida, segundo o gosto de Mara Bu. E que comida era? Também nenhuma hesitação: carniça. Mara Bu não tinha preferências; gostava de qualquer tipo de carne desde que estivesse bem podre. Compassado, lento, digno, aproximava-se do montinho sanguinolento e coberto de moscas, subia em cima e, quieto quieto, se empapuçava até não poder mais. Depois voava de novo para o alto do baobá e recomeçava a pensar.

Certo dia, um tal de Cha Calzinho, rapazote na primeira pelagem, chegou gemendo e chorando debaixo do baobá e chamou lamentosamente Mara Bu. Este demorou ao menos quinze minutos para sair de seus pensamentos e afinal dignou-se responder, com seu característico vozeirão cavernoso:

— Será que dá para saber o que está acontecendo com você?

Cha Calzinho implorou:

— Mara Bu, diga-me, o que devo fazer?

Mara Bu respondeu:

— Trouxe o presente?

— É claro que sim.

— Daqui não vejo bem. O que é?

— Uma magnífica cabeça de búfalo morto há pelo menos um mês.

Mara Bu piscou os olhos, o que era, nele, um sinal de satisfação; e disse:

— Então, vejamos do que se trata.

Cha Calzinho estava de fato abatido pela dor. Entre uivos e lamentos, contou que, loucamente apaixonado por uma certa Gi Rafinha, moça de ótima família, quando por fim se decidiu a pedir-lhe a mão, ouviu como resposta que nunca e jamais Gi Rafinha haveria de casar-se com alguém como ele, de cujo pelo emanava um fedor pestilento. Diante de seus protestos de que seu pelo era famoso por ter um cheiro excelente, Gi Rafinha havia respondido:

Histórias da Pré-História

— Arranje um pescoço comprido como o meu. Aí você vai entender, atingindo o cume das árvores, lá onde se encontram as flores mais perfumadas e as folhas mais tenras, o que é um excelente odor. Quem lhe disse que o cheiro de seu pelo é bom?

Cha Calzinho tinha respondido com ingenuidade:

— Mamãe. Ela sempre me diz: meu filho, que cheiro bom você tem.

Gi Rafinha, cortante:

— Pois sim, em matéria de cheiro, ela também não brinca em serviço. Cheira que cheira, vocês têm todos a mesma focinheira.

Cha Calzinho terminou sua história perguntando ansioso:

— Mara Bu, você, que sabe tudo, me diga a verdade: eu tenho mesmo mau cheiro? É verdade que sou fedido?

Mara Bu refletiu longamente. Disse por fim:

— Volte dentro de uma semana. E lembre-se de trazer outro presente. Mas alguma coisa que tenha mais polpa do que uma cabeça de búfalo. Talvez um tantinho de vísceras.

Cha Calzinho, pontual, regressou uma semana depois e antes de mais nada depositou aos pés do baobá uma mixórdia de intestinos, rins, fígados, baços e por aí afora, e que, a julgar pela aparência, deviam ter sido extraídos dos respectivos corpos no mínimo uns dez dias antes. Mara Bu demonstrou sua satisfação inflando a bolsa que tem debaixo do bico, depois disse:

— Caro Cha Calzinho, o seu caso é bem sério, daqueles que nós sábios chamamos de confusão nasal. Você não tem mais certeza de nada, cheira uma coisa e lhe parece sentir um perfume; um instante depois, torna a cheirar a mesma coisa e a sensação é de fedor. Caso sério, mas que contudo não deve alarmá-lo, pois para tudo existe remédio. Como dizem vários autores: até a barata é bonita para sua mãe; *de gustibus non est disputandum*; há quem goste da mulher e quem prefira o marido; *tot capita, tot sententiae*; verdade deste lado dos Pirineus, mentira do outro lado; não é bonito aquilo que é bonito, mas sim o que agrada; tantos galos cantando e o dia não amanhece; em resumo, tudo é relativo e *omnia munda mundis* e, por conseguinte, não há regras, normas, leis, cada um por si e Deus por todos.

Cha Calzinho, submerso por aquele dilúvio de provérbios e de motes, estava perdido:

— Mas, em suma, o que tenho de fazer?

Mara Bu respondeu:

— Eis o meu parecer: em toda a região ao redor dos cemitérios, campo de imundícies, depósito de lixo, área de detritos, pântanos e poças, seu cheiro é perfume. Por outro lado, naqueles terrenos destinados a prados e bosques, o seu cheiro é fedor. Exemplo prático: Gi Rafinha, que mora na pradaria, se penetra em seu território deve aceitar que a considerem um animal fedorento. O mesmo vale para você, caso penetre no território dela.

Cha Calzinho perguntou:

— E você, Mara Bu, onde é que fica?

Mara Bu respondeu com gravidade:

— Nem aqui nem lá: por cima.

— Por cima?

— Sim, por cima.

Cha Calzinho lançou um grito de dor repentino:

— Tudo isso pode até ser verdade; mas eu quero me casar. Sinto necessidade de ter alguém ao meu lado, pela vida afora. Quero me casar.

Mara Bu respondeu:

— Calma, Roma não foi feita num único dia, a gata apressada gera gatinhos cegos, devagar se vai ao longe. Resumindo, se os seus pais me prometerem um presente à altura, aceito visitá-los e discutir com eles o problema de seu casamento.

Cha Calzinho insinuou:

— E você não poderia dar um jeito para que Gi Rafinha mudasse de ideia?

— Não, isso não. Está provado: lé com lé, cré com cré (e cada qual com sua ralé); e que: casamento e celibato são no céu prédestinados... Deixe por conta de quem tem mais experiência. E mais: o que você faria com Gi Rafinha?

Uma dengosa que passa o tempo roendo folhas no alto, quando existe tanto capim gostoso aqui em baixo!

Mara Bu, diante da promessa formal de ser recompensado com uma bela carcaça putrefata no ponto certo, foi, grave e tranquilo, procurar os pais de Cha Calzinho na toca em que moravam e teve com eles várias conversas. O resultado foi que os pais de Cha Calzinho visitaram em seguida os pais de uma certa Hi Ena, jovem um tanto tosca e malfeita, porém robusta e frugal.

Cha Calzinho encontrou-se com ela. Deu-lhe umas boas cheiradas e aprovou-a como parceira; ficaram noivos; começaram a sair juntos de noite para revirar os montes de lixo; enfim chegou o dia do casamento.

As duas famílias tinham feito as coisas em grande estilo: o casamento, celebrado pelo reverendo Ta Manduá na beira do lixão, atraiu um povaréu. Da parte do noivo, os padrinhos eram U Rubu e o próprio Mara Bu; da parte da noiva, Ja Caré e Ser Pentário. Entre os presentes, distinguiam-se muitos Rola-Bostas, daqueles que rolam para cima e para baixo, produzindo grandes bolotas de esterco.

A área do lixão onde acontecia a cerimônia nupcial fazia fronteira com um belíssimo bosque de acácias que, segundo a divisão de Mara Bu, fazia parte do território agora proibido para Cha Calzinho. E com razão, pois ali vivia Gi Rafinha e toda a sua família. Ora, durante a cerimônia, Cha Calzinho, erguendo os olhos para o bosque,

Histórias da Pré-História

notou, bem lá em cima, meio escondida entre as folhagens mais altas das acácias, a cabeça minúscula de Gi Rafinha, que observava atentamente o que acontecia no lixão. Apertava entre os dentes uma flor azul e não tirava os olhos de Cha Calzinho e de sua esposa. Aí, Cha Calzinho sentiu uma pontada de dor e não conseguiu segurar um gemido lamentoso. Hi Ena lhe perguntou a meia-voz o que se passava com ele. Cha Calzinho respondeu:

— Nada, não é nada, só um sapato muito apertado.

DILÚVIO, FIM DO MUNDO *ET CETERA*...

Há três bilhões de anos, um certo Bronto Sauro, indivíduo bastante conhecido por seu pessimismo, percebendo que o céu estava ficando nublado, resmungou:

— Vai ver que ainda chove hoje! É melhor pegar um guarda-chuva.

Dessa vez não estava enganado. Paih-eh-ther-noh tinha se cansado do mundo que, contudo, ele mesmo havia criado; e decidira destruí-lo de cabo a rabo e refazê-lo do princípio, mais moderno e atualizado. Para destruir o mundo, Paih-eh-ther-noh tinha à disposição dois meios: a água e o fogo. Com a primeira podia submergir e com o segundo, queimar tudo. O resultado, nos dois casos, seria idêntico: nada e ninguém sobreviveria.

Paih-eh-ther-noh era um tipo muito indeciso. Pesou os prós e os contras da água e do fogo, não chegou a nenhuma conclusão. Então recorreu a um conselheiro secreto que se chamava Ah-cah-soh. Este lhe deu um ótimo conselho:

— Decida o fim do mundo no cara ou coroa.

Paih-eh-ther-noh aprovou. Pegou uma moeda e jogou-a para o alto. Deu cara, ou seja, água. Paih-eh-ther-

-noh disse então, segurando a mangueira que usava para regar o jardim:

— Agora, vou manter esta mangueira suspensa sobre o mundo até me doer o braço. Digamos: quarenta mil anos. Por quarenta mil anos choverá sobre o mundo. E esta chuva se chamará Dih-lúh-vioh, que significa, em nossa língua: tanto trovejou que chove.

De fato, a chuva caiu durante quarenta mil anos, o que é uma chuva e tanto, e recobriu toda a superfície da terra com uma camada d'água. Todos se afogaram: plantas, animais, cristãos. Afogou-se inclusive Bronto Sauro, embora tivesse usado seu guarda-chuva com gomos vermelhos e azuis. Ao fim dos quarenta mil anos, Paih-eh--ther-noh sentiu cãibras no braço que segurava a mangueira; e assim o abaixou e o Dih-lúh-vioh acabou. Mas o que fazer com tanta água? Paih-eh-ther-noh teve um lance de gênio: colocar peixes nela. Dito e feito: criou os peixes desta maneira: soprava-os para fora da boca, como nuvenzinhas de fumaça, apanhava-os no voo e então dizia:

> *Você será atum*
> *Você será enguia*
> *Você será solha*
> *Você será bacalhau*
> *Você será tainha*

e assim por diante.

Após ter criado os peixes, Paih-eh-ther-noh, que, como vocês já devem ter percebido, era muito caprichoso, desinteressou-se do mundo e pensou em outras coisas.

Passaram-se alguns bilhões de anos, o mar estava cheio de peixes e no mundo só existia o mar. Os peixes saracoteavam, nadavam, comiam-se uns aos outros, enfim, comportavam-se como peixes. Alguns eram gran-

Histórias da Pré-História

des como Ba Leia, outros, pequenos feito Sar Dinha. Como se sabe, em geral o peixe é um animal que não tem vivacidade, mudo, sem imaginação. Numa palavra, chato. Ora, esses peixes tão chatos, também se chateavam por serem peixes. Finalmente, mandaram uma comitiva ao Paih-eh-ther-noh. Este fez com que esperassem um pouco, apenas dois milhões de anos. Enfim os recebeu.

— O que é que há, qual é a questão?

— Estamos chateados.

Paih-eh-ther-noh respondeu:

— Vocês se chateiam porque são chatos.

— Não, nos chateamos porque estamos sempre debaixo d'água.

— O que têm contra a água?

— Antes de mais nada, é molhada: debaixo d'água existe uma umidade terrível. Depois, é escura: tão escura que não nos vemos e esbarramos uns nos outros o tempo todo. Enfim, é fria: a ponto de gelar. Ba Leia, que nada com a cabeça fora d'água, nos diz que acima do mar existe o céu e que no céu existe o sol, que é quente, luminoso e seco. Bom, nós queremos o sol.

Paih-eh-ther-noh coçou a cabeça, suspirou, refletiu. Por fim, disse:

— Está bem. O sol fará evaporar a metade do mar, vão surgir os continentes. Quem quiser ficar debaixo d'água, continuará a chamar-se peixe. Quem, ao contrário, quiser alternar a terra com a água, chamar-se-á anfíbio. Quem, por fim, viver somente na terra, chamar-se-á mamífero. Está bem assim? E agora: deixem-me em paz. Não quero mais ouvir falar da Terra ao menos por um bilhão de anos.

E assim foi. O sol fez evaporar metade do mar, surgiram os continentes, muitos peixes foram viver na terra, muitos permaneceram debaixo d'água, muitos alternaram a água com a terra. Entre os que viviam na terra, havia certos animais chamados Hoh-mehns que, sabe-se lá por qual capricho, Paih-eh-ther-noh havia criado nus. Sim, nus, exatamente como vermes. Esses animais tão nus, no final, se cansaram e mandaram também uma comitiva ao Paih-eh-ther-noh. Eis como se desenrolou o diálogo:

— Sentimos frio, dai-nos escamas como as dos anfíbios ou uma pele como a dos mamíferos.

— Não, eu os fiz nus e nus devem permanecer.

— E por quê, afinal?

— Não há porquê. É assim e basta.

— Mas, pelo menos, fazei com que o sol se torne mais quente.

Paih-eh-ther-noh teve de admitir que o pedido era razoável. Pôs a manopla atrás do sol, girou a chavezinha. Imediatamente, o sol dobrou a quentura. Tão quente que, ao redor do Equador, morreram plantas, animais e tantos outros, e ainda se formaram os desertos, isto é, extensões imensas de areias escaldantes onde só resistem a Ser Pente, os Escor Piões e, claro, os Hoh-mehns.

Passaram-se outros bilhões de anos. E pronto, os Hoh-mehns enviaram outra comitiva ao Paih-eh-ther--noh que, desta vez, os recebeu pessimamente:

— Pode-se saber o que desejam?

— Queremos mais sol!

— Como? Não lhes basta aquele que têm?

— Não, porque nos desertos há o suficiente, mas, nos polos, a gente morre de frio. Queremos o sol bem distribuído.

Desta vez, porém, Paih-eh-ther-noh não cedeu. Havia feito a Terra com os polos segundo certas ideias e não pretendia mudá-la. Por isso, disse:

— Fiz um mundo justo: um porção de água, outra de terra e mais outra de gelo. Portanto, nada de suplemento.

— Pelo amor de Deus, Paih-eh-ther-noh, dai-nos mais sol.

— Nada de sol. Se lhes desse mais, os outros planetas, ainda por cima, protestariam. Não pensem que só existem vocês da Terra, no universo.

— E nós, como faremos?

— Vão plantar batatas.

Naquele exato momento, vieram chamar Paih-eh--ther-noh para uma tarefa da máxima urgência: Pluh-tãoh, um pequeno planeta, estava caindo. Vocês vão dizer: onde estava caindo? Bem, estava caindo como cai o fruto de uma árvore: para baixo. Tratava-se de agarrá-lo e reajustá-lo no lugar. Paih-eh-ther-noh saiu correndo; o grupo ficou sozinho. Aí o chefe disse:

— Sabem o que vamos fazer? Paih-eh-ther-noh não está; vamos atrás do sol, giramos um pouco a chavezinha e depois damos o fora. Ele nem vai perceber e nós teremos mais sol.

Dito e feito. O grupo foi atrás do sol; o chefe deu uma meia volta na chavezinha. Infelizmente, fazia parte da comitiva também uma moça, uma tal de Dona. Ela morava no Polo Norte e invejava as moças do Equador que andavam nuas, pois no Equador existe sol até demais. Assim, Dona pensou: "Deu apenas meia volta na chavezinha: muito pouco, terei de andar vestida, embora com roupas leves. Mas eu quero mesmo é andar nua, completamente pelada. Sou bonita, quero que todos me vejam nua, que todos me admirem". Assim, enquanto o grupo estava indo embora, Dona retrocedeu e girou a chavezinha, por trás do sol. Depois pensou melhor, receou que não bastasse e deu outra meia volta. Por fim, toda contente, alcançou rapidamente os outros da comitiva.

Então, do sol escapou um raio extraordinariamente ardente, parecido com uma longa espada de fogo. Esse raio atingiu a Terra por um momento e queimou de tudo:

água, gelo, terra, todo organismo vivo, plantas, animais, peixes, anfíbios. Torrou até o ar. E a Terra tornou-se não mais que uma pedra negra e calcinada. Vocês perguntarão: "E os Hoh-mehns?". Queimaram junto, incluindo Dona, que, com sua vaidade, havia provocado o desastre.

Quando Paih-eh-ther-noh voltou para casa, olhou para baixo e viu que a Terra estava toda preta, como um tição apagado. Aí, foi atrás do sol e viu que a chavezinha tinha sido girada duas vezes: uma loucura! Disse então:

— Chega dessa Terra. Fizeram com que virasse uma pedra e pedra quero que permaneça.

Contudo, depois voltou atrás. Disse para si mesmo que a Terra havia sido muito bonita para não ser refeita; aí pegou a mangueira...

Assim houve um segundo Dih-lúh-vioh e a Terra, atingida pela chuva, começou a fritar e a fumegar feito um ferro em brasa imerso na água. Recobriu-se, portanto, de mar. E, no mar, havia peixes.

Depois de um bilhão de anos, os peixes cansaram de ser peixes e mandaram uma comitiva ao Paih-eh-ther-noh para fazê-lo ciente de que se chateavam na água e queriam o sol. Paih-eh-ther-noh decretou:

— Vocês se chateiam porque são chatos.

O resto da história vocês já sabem. Bom sono e boa noite.

SEM CALÇÃO, SEM COMUNICAÇÃO

Quando a gente diz o que quer! Can Guru, criatura, para dizer o mínimo, estranhamente combinada do ponto de vista físico (duas minúsculas patinhas anteriores suspensas no peito, duas enormes patas posteriores dobradas para trás), desejava mais que tudo no mundo um par de calções. Enquanto pulava pelo deserto da Austrá-

lia, à procura de bagas e de brotos de plantas, viu dois Hoh Mehns usando calções. E o capricho apareceu logo, apesar da evidente diferença na conformação das pernas.

Aqueles dois Hoh Mehns que usavam calções iam à procura de ouro, abundante entre as areias e as pedras do deserto. Mas Can Guru, inexperiente e ingênuo, não sabia o que era ouro; via a dupla que recolhia pedras e acreditava de boa-fé que fossem as pedras comuns e sem valor que, por algum motivo obscuro, os dois colecionavam como se fossem preciosas.

Certo dia, Can Guru assistiu à cena seguinte: um montão de pedras tinha sido concentrado debaixo de uma árvore. Os dois Hoh Mehns, conforme as aparências, estavam dividindo o montão em duas partes iguais. Depois, um deles se inclinou para pegar uma das pedras que tinha rolado para longe e o outro, cataplan!, deu-lhe um terrível golpe na cabeça com um machado, matando-o no ato. Can Guru, horrorizado, pensou: "Veja só o que é capaz de fazer um Hoh Mehm por um par de calções!". Enganava-se, naturalmente, por causa de sua fixação no vestuário. Com efeito, o assassino nem tocou na roupa do morto; cavou-lhe uma fossa, enterrou-o com calções e tudo. Em seguida, pôs as pedras em duas sacolas, carregou-as sobre uma mula e foi embora.

Can Guru, de tanto andar sozinho pelo deserto, tinha criado o hábito de pensar em voz alta: um jeito como qualquer outro de ter companhia. Assim, também dessa vez, pensou, ou melhor, disse a si mesmo: "Os Hoh Mehns gostam demais das pedras de nosso deserto. Mais, muito mais que de roupas. Então, agora eu encho minha bolsa natural com estas pedras, vou oferecê-las aos Hoh Mehns e em troca recebo calções". Can Guru acreditava estar sozinho enquanto assim pensava em voz alta; porém, mal tinha acabado de falar, quando duas risadas de deboche ressoaram acima de sua cabeça. Ergueu os olhos e viu, empoleirados num galho de árvore, dois compadres bem conhecidos: Papa Gaio e Ma Caco (do rabo comprido). Ambos se matavam de rir, referindo-se a ele. Magoado, perguntou:

— Ei, vocês estão rindo de mim?

Papa Gaio respondeu com ar indiferente:

— Ríamos de certa gente que tem a pretensão de conhecer o mundo e, ao contrário...

— Por acaso está falando de mim?

— Sim, exatamente você.

— Por quê?

— Porque se ilude com os Hoh Mehns: não percebe que assim não vai usar calções nunca.

— Nunca — fez eco o Ma Caco.

— Ouçam, expliquem-se, senão...

Ma Caco deu uma cambalhota e depois disse:

— Caríssimo Can Guru, tem razão, os Hoh Mehns,

sabe-se lá por que, gostam muito de nossas pedras. Mas me diga agora como vai fazer, quando estiver no meio deles, para explicar-lhes o que quer? Eles acreditarão, por exemplo, que você quer lhes dar de presente as pedras e aí vão ficar com elas, talvez agradeçam, mas não vão lhe dar nada em troca.

Alberto Moravia

Can Guru ficou mal. Tinha pensado em tudo, menos que para ele era absolutamente impossível fazer-se entender pelos Hoh Mehns. Coçou a cabeça, suspirou, depois disse ao símio:

— Ma Caco, você é esperto; diga o que devo fazer.

Ma Caco assumiu um ar grave e sabichão:

— E você sabe como fazem os Hoh Mehns para se entender entre eles?

— Não.

— Por meio de um tipo de linguagem que não é nem o balido, nem o nitrido, nem o mugido, nem o barrido, nem o grunhido, nem o zurro, nem o latido, nem outra voz animal, mas todas essas vozes juntas, mais alguma outra coisa.

— E como se chama essa fala deles?

— Chama-se Palavra.

— Ah, Palavra!

— Mas não basta. Além da Palavra, os Hoh Mehns se entendem com movimentos das mãos e, em geral, do corpo inteiro. Tais movimentos são por eles chamados de Gesto.

— Palavra e Gesto: lindo, lindíssimo. E daí?

— Daí que você deve confiar em quem sabe o que é a Palavra e quem sabe o que é o Gesto.

— E de quem estamos falando?

Papa Gaio, impaciente, estrilou:

— De nós dois, Can Guru, do Ma Caco e de mim, pois eu sei o que é a Palavra e Ma Caco sabe o que é o Gesto.

Can Guru ainda não estava convencido:

— Bem, quero a prova de que sabem fazer uso da Palavra e do Gesto.

Convém saber, a essa altura, que Papa Gaio, durante muitos anos, havia ficado preso num poleiro, na casa de uma família da qual faziam parte quatro filhos particularmente turbulentos. Quanto a Ma Caco, ele estivera bastante tempo encarcerado numa jaula de zoológico; e certos jovens mal-educados passavam o tempo fazendo caretas e gestos debochados para ele. Em seguida, Papa Gaio e Ma Caco conseguiram fugir, e agora, no deserto, se gabavam de conhecer os Hoh Mehns melhor que qualquer outro.

Papa Gaio gritou:

— Preste atenção, agora lhe faço ouvir a Palavra.

Estufou-se todo, debruçou-se na árvore e depois gritou:

— Cretino, estúpido, imbecil. Idiota, idiota, idiota.

Can Guru perguntou:

— Então isso seria a Palavra?

— É óbvio.

— Vejamos o Gesto.

Ma Caco, lépido, balançou-se de galho em galho até o alto da árvore. De lá, triunfante, fez o vulgaríssimo gesto de provocação que consiste em pôr a mão esquerda sobre o antebraço direito. Can Guru perguntou:

— Isso é o Gesto?

— Exato.

Can Guru coçou de novo a cabeça e disse:

— Não há dúvida de que vocês sabem de verdade o que é o Gesto e a Palavra. Bem, vamos resolver, porque quero de qualquer jeito os meus calções. O que vocês querem para acompanhar-me até os Hoh Mehns?

Papa Gaio gritou:

— Eu queria uma camisa. De preferência com bordados.

Ma Caco respondeu por sua vez:

— E eu, cuecas com bolinhas azuis e vermelhas.

— Para que as bolinhas?

— Faz um gênero mais masculino.

— Ah, entendo.

Bem, no dia marcado, Can Guru encheu sua bolsa de uma quantidade de pedras das mais comuns e se pôs a caminho, saltador, saltitante. Acima de sua cabeça, esvoaçava Papa Gaio; ao lado, Ma Caco dava cambalhotas.

Lá estava a aldeia dos Hoh Mehns, isto é, dos caçadores de ouro, composta de tendas e barracas. Por coincidência, naquele dia, de uma corda presa entre dois postes, pendiam para enxugar ao sol alguns calções, várias camisas e não poucas cuecas. Um dos caçadores

Histórias da Pré-História

de ouro achava-se diante da própria tenda, ocupado em cortar lenha com o machado. Can Guru, educadamente, aproximou-se, deu uma tossidinha para atrair a atenção e depois derramou no chão todas aquelas pedras sem valor com as quais enchera o marsúpio. O Hoh Mehm ficou boquiaberto de surpresa. Chamou a mulher que estava cozinhando na tenda e gritou:

— Veja só este animal: derramou na minha frente um monte de pedras e agora me olha como se esperasse algo de mim.

A mulher, desconfiada, advertiu:

— Tenha cuidado, os cangurus costumam dar murros!

Can Guru esperou um pouco; aí se virou para Papa Gaio e lhe disse:

— Vamos, solte a Palavra.

Papa Gaio deu um meio voo sobre a cabeça do Hoh Mehm e esbravejou:

— Cretino, estúpido, imbecil. Idiota, idiota, idiota!

O Hoh Mehm gritou furioso:

— Qualé, dá para saber que ataque é este?

Can Guru, contentíssimo e cheio de esperança quanto aos calções, disse ao Ma Caco:

— Agora é sua vez. Vamos, faça o Gesto.

Ma Caco adiantou-se, bem debaixo do nariz do Hoh Mehm, e lhe fez, com o braço dobrado, o tal gesto vulgar de provocação.

A reação do Hoh Mehm? Inclina-se, pega um cacete e tome porrada para valer. Primeiro em Can Guru, que ficou com uma das patinhas anteriores quebrada. Depois, em Papa Gaio, que ficou com meia asa derrubada. Por fim, em Ma Caco, que levou nas costas uma cacetada de perder o fôlego. Os três saíram correndo, caso contrário, o Hoh Mehm, furioso, teria acabado com eles. E correram, correram, correram até chegar ao deserto.

Assim, nada de calções para Can Guru; nada de camisa para Papa Gaio; nada de cuecas para Ma Caco. E sobretudo, nada de comunicação entre os Hoh Mehns e os Ani Mais.

OS SONHOS DA MAMÃE PRODUZEM MONSTROS

Há bilhões de anos, tudo era muito mais descontraído que hoje e ainda se podia ir até a mãe Na Tureza e queixar-se sobre o modo como ela andava criando o mundo. Mãe Na Tureza era uma mulherona gigantesca, tão grande que, se alguém subia em sua cabeça, mesmo com uma boa luneta, não conseguia ver-lhe os pés; ficava deitada numa planície interminável, tendo como travesseiro uma montanha e como cama um deserto; e criava o mundo sonhando. Mas seus sonhos não eram como os nossos, que, uma vez acordados, adeus — quem se lembra mais deles? Os sonhos da mãe Na Tureza tornavam-se imediatamente realidade. Por exemplo: certo dia, mãe Na Tureza sonhou um animal realmente estranho: uma espécie de guarda-chuva que andava com quatro patas e tinha uma cabeça e um rabo. E pronto, imediatamente, no colo da mãe Na Tureza, eis que se debate penosamente a ridícula Tarta Ruga. E querem saber por que tinha sonhado um animal assim? Porque alguém viera dizer-lhe que seria uma boa criar um animal que, quando chovesse, pudesse proteger-se da chuva sem recorrer a nenhuma caverna ou saliência de rocha. Isso para

Histórias da Pré-História

dizer-lhes que mãe Na Tureza possuía um caráter afetuoso e complacente, conforme convém a toda mãe.

Bom, certo dia, uma delegação de Por Quinhos, após uma escalada de muitas horas, chegou até o cume da montanha na qual mãe Na Tureza apoiava a cabeça. O chefe da delegação, tendo se colocado debaixo da orelha colossal, berrou com todas as suas forças:

— Mamãe! Mamãe! Mamãe!

Mãe Na Tureza ergueu uma pálpebra grande como uma cúpula, com cada cílio da grossura de um tronco de árvore, revelando a pupila verde que parecia um lago, e perguntou languidamente:

— Queridinho, o que está acontecendo? Diga à sua mamãe qual é o problema.

Diante desta afetuosa pergunta, o Por Quinho respondeu:

— Como você sabe, nós Por Quinhos somos uma comunidade pacífica, em que todos desfrutam dos mesmos direitos e são submetidos aos mesmos deveres. Porém, faz algum tempo que não é mais assim.

— Ou seja...?

— Ou seja, alguns de nós, não sabemos se por sua vontade, mamãe, ou por acaso, transformaram-se e, dói dizer isso, não para melhor: a delicada pele cor-de-rosa cobriu-se de cerdas pretas; da boca, saem alguns dentes agudos e recurvos que é difícil não chamar de presas. Esses indivíduos, que se autodenominaram Ja Valis, são violentos e prepotentes e, graças às suas presas, criaram uma verdadeira tirania, segundo a qual eles comandam e nós temos de obedecer. Mãe Na Tureza: tome uma providência.

Mãe Na Tureza objetou:

— Eu, para dizer a verdade, criei todos iguais. Que história é esta? Estão dizendo a verdade?

Os Por Quinhos lhe garantiram em coro que era verdade. Mãe Na Tureza refletiu, suspirou, depois disse:

— Essas tais presas me fazem pensar que tive um sonho, digamos, meio feio, algo parecido com um pesadelo. Acontece que às vezes faço uma refeição pesada e aí pode acontecer de sonhar monstros. Pois, como não chamar de monstro um Por Quinho de cuja boca saltam duas presas?

— É o que pensamos nós também! — exclamaram os Por Quinhos.

— E depois — continuou mãe Na Tureza —, criaturas assim, prepotentes e sanguinárias, contradizem completamente a ideia que faço da Criação, na qual deveria reinar a razão.

Os Por Quinhos nunca tinham ouvido falar da razão. Perguntaram em coro:

— Razão? O que é a razão?

Mãe Na Tureza respondeu:

— É alguma coisa, digamos, como o sal na comida. Em geral, não esqueço de pôr uma pitada em qualquer animal que sonho. Quer dizer que, doravante, vou pôr uma porção generosa. Além disso, faz algum tempo que sinto um desejo obscuro de pôr no mundo um certo animal bem complicado que, justamente, deveria ser dotado de razão em medida maior que os outros. Agora, no jantar, vou ficar atenta para comer coisas leves, depois vou dar uma boa dormida e creio que sonharei o animal racional que, entre outras coisas, salvará vocês de seus malvados Ja Valis. Assim, caros Por Quinhos, voltem confiantes para casa, deixem sua mãe que lhes quer bem cuidar das coisas e vocês vão ver que tudo há de se resolver da melhor forma.

Naturalmente, os Por Quinhos logo se retiraram cheios de gratidão e de temor reverente: mãe Na Tureza, naqueles tempos distantes, além de tudo, perdia a paciência com facilidade: um bando de animalzões chamados dinossauros, que costumavam vir com excessiva frequência expor suas lamúrias (gostariam de ser menores e menos estúpidos), tinham sido dizimados até o último; contudo, tinham vivido a ninharia de cento e cinquenta milhões de anos. Foram embora os Por Quinhos e, durante algum tempo, digamos setecentos ou oitocentos milhões de anos, não aconteceu nada. Mãe Na Tureza, conforme prometido, fizera uma refeição leve no jantar:

apenas um ou dois vulcões com toda a lava, regados por um rio de médio porte; e agora, dormia a sono solto. Só a cada dois ou três séculos dava um suspiro ou então virava para o outro lado. Mas pensem um pouco no que significa ser mãe Na Tureza! Aqueles suspiros criaram os ventos que até hoje sopram pelos ares. E quanto a virar-se de lado, toda vez que sucedeu, houve um terremoto que mudou um pouco a cara da Terra.

Chegou finalmente o dia do despertar. Era um dia perfeito: de manhã cedo, com o céu do mais puro azul ainda tingido de rosa; sem um fiapo de vento; com um sol leve, uma luz límpida, árvores nunca antes tão verdes, flores jamais tão resplandecentes. Mãe Na Tureza despertou, ergueu-se sobre um cotovelo e teve apenas tempo de vislumbrar, lá longe, no fundo do deserto no qual estava estendida, duas figurinhas remotas que se afastavam, de mãos dadas e cheias de confiança: um homem e uma mulher. Caminhavam sobre duas pernas; mãe Na Tureza pensou que desta vez havia sonhado a sua obra-prima. Satisfeita, acompanhou com os olhos as duas figuras que, banhadas de luz, afastavam-se cada vez mais e por fim desapareceram. Então, virou-se de lado e adormeceu novamente.

Seu sono durou pouco: só um bilhão de anos.

Abriu os olhos, ainda confusa, ouviu vozes, voltou-se: lá estava, aos pés da montanha que lhe servia de tra-

Histórias da Pré-História   99

vesseiro, a costumeira delegação de Por Quinhos. Mãe Na Tureza esticou a mão e os trouxe até a altura dos olhos. Perguntou, depois:

— Bom, vocês de novo. Como foram as coisas?

E o bichinho:

— Muito bem, não poderia ter sido melhor. Você sonhou a coisa certa na hora certa.

— Ou seja?

— Apareceram uns Por Quinhos iguais a nós, igualmente rosados, tenros, doces e indefesos, com a única diferença que nós andamos com quatro patas e eles com duas; e nos levaram para longe dos detestáveis Ja Valis, para um lugar magnífico, em que não falta nada, absolutamente nada, para ser felizes.

— E como é esse lugar? — perguntou mãe Na Tureza com curiosidade.

— São instalações de um andar só, com várias divisões e em cada uma dá para alojar uma família inteira. Os Por Quinhos de duas patas providenciam para que não nos falte nada. Assim, em horários regulares, nos servem uma refeição excelente, composta de sêmola, farelo, bagas e uma deliciosa lavagem cheia de maçãs podres e batatas estragadas. E ainda nos lavam a todos, pra valer, com mangueiras.

— Enfim, nos tratam bem: tudo é limpo, espelhado, cintilante. Imagine que para não cairmos nos degraus, quando saímos do barracão para passear ao ar livre, construíram até uma rampa na qual os nossos cascos não escorregam.

Mãe Na Tureza comentou satisfeita:

— Muito bem, muito bem, parece que desta vez sonhei os animais mais racionais dentre todos os que pus no mundo. Agora, meus filhos, estou com sono e desejo tirar uma soneca. Mas quero que me mantenham informada. Voltem, digamos, dentro de um milhar de anos. Boa noite.

Passaram-se mil anos. Mãe Na Tureza despertou, esticou-se e, sem mais nem menos, encontrou-se cara a cara com o Por Quinho de sempre, que logo berrou como um louco:

— Mamãe, traição, traição!

— Como assim?

— Aqueles seres que chamamos de Por Quinhos com duas patas são uns monstros, autênticos monstros. Tratam-nos bem, nos mantêm limpos e bem nutridos, nos engordam: mas sabe para quê?

— Não, para quê?

— Para nos comer. Num determinado momento, quando estamos gordos no ponto ideal, pronto, nos amarram pelos pés numa espécie de corrente que desliza. A corrente desliza com um barulho terrível e eles, pouco a pouco, nos degolam, tiram nosso sangue, nos esquartejam, nos fazem em pedaços. Não me detenho sobre o modo pelo qual esses pedaços são depois preparados; basta dizer que somos transformados em vários produtos que eles, ao que parece, chamam de linguiças, presuntos, pernis, salames e assim por diante, segundo a parte de nosso corpo que foi usada: horror, horror, horror. E você nos havia prometido que sonharia o animal mais dotado de razão dentre todos. Ai de nós, ele usa a razão para nos devorar! E ainda por cima para devorar-nos com a nossa própria colaboração! Ai de nós, mamãe, você também nos traiu!

Agora, alguém há de querer saber o que respondeu mãe Na Tureza a essa calorosa e desesperada crítica. Ninguém vai acreditar: não respondeu nada. Pegou o Por Quinho entre dois dedos, depositou-o com delicadeza no chão, virou-se de lado e adormeceu de novo.

OS BRAVOS BOMBEIROS MORTOS DE SONO

Há um bilhão de anos, numa floresta do Brasil, como os incêndios eram muito frequentes (uma floresta, afinal de contas, não passa de um enorme depósito de lenha), havia sido criado um corpo de bombeiros. Ele era comandado por uma tal de Pre Guiça e tinha como membros vários Es Quilos cinzentos, Mar Motas, Tou Peiras, Hams Ters e outros animais semelhantes, todos famosos por sua propensão à preguiça e ao sono. Mas não me venham perguntar por que esses animais foram nomeados bombeiros em detrimento de tantos outros muito mais alertas e mais rápidos que eles: honestamente, não tenho a menor ideia. Um bilhão de anos constituem uma boa quantidade de anos; quem sabe como eram realmente as coisas naquele tempo?

Histórias da Pré-História

Ora, certa noite, Pre Guiça, a comandante dos bombeiros, preparava-se para ir nanar. A nossa pobre Pre Guiça só tinha dormido vinte horas em vinte e quatro e estava morrendo de sono. A essa altura, é preciso saber que Pre Guiça tinha um jeito bem divertido de dormir: enroscava-se com as garras das quatro patas num ramo muito alto e por lá adormecia balançante, com as costas viradas para baixo, a pança para o alto. Nessa posição, Pre Guiça dormia em geral vinte e três horas seguidas, todo dia. A única hora de vigília era passada nutrindo-se de folhas e de flores que arrancava da árvore na qual estava pendurada. Com frequência, porém, tinha tanto sono que, mesmo mastigando, adormecia com alguma folha ou flor ainda na boca.

Por que Pre Guiça havia dormido menos naquela noite? Porque tinha sido chamada por causa de um incêndio. Alguém havia gritado o seu nome, mas só uma vez, e depois mais nada. Pre Guiça, pensando ter ouvido mal, havia esperado três horas a confirmação da chamada que, contudo, não chegara. No fim, pensou que tivesse sido alguma brincadeira (até nas florestas do Brasil existem desocupados que se divertem chamando os bombeiros, sem motivo nenhum, pelo simples gosto de vê-los chegar) e adotou a posição já descrita para dormir, cabeça para baixo e patas para cima. Mas eis que, de repente, a árvore à qual estava agarrada começou a balançar como num terremoto. Ao mesmo tempo, entre uma sacudida e outra, um vozeirão cavernoso chamava:

— Pre Guiça, Pre Guiça.

Pre Guiça conhecia aquela voz: era de Bari Bal, urso escuro e de bom tamanho que, na floresta, assumia a função bastante delicada de mensageiro do corpo de bombeiros. Na prática, substituía o nosso telefone de emergência. Bari Bal era um tipo, para dizer o mínimo, bem descansado: entrava em letargia por volta de outubro e acordava lá pelo mês de abril; tudo isso com grave prejuízo para o seu ofício. Assim, também no caso de Bari Bal, surge espontânea, ou melhor, irresistível, a pergunta: "Mas por que confiar uma tarefa em que a prontidão e a rapidez são tudo, a um indivíduo desses, que hiberna durante seis meses por ano?". E sou obrigado a dar-lhes a resposta de sempre: coisa datada de um bilhão de anos, vá lá saber...

Pre Guiça, irritada por ter sido chamada exatamente quando estava indo para a cama, perguntou com maus modos:

— Mas Bari Bal, dá para saber o que se passa com você? Faltou pouco para me derrubar do galho.

— Há um megaincêndio na localidade de Sonhos Beatíficos.

Pre Guiça estava para rebater: "E que tenho eu com isso?", porém se lembrou a tempo que era a comandante dos bombeiros e perguntou:

— Sonhos Beatíficos, o que é isso?

— Você sabe muito bem: um hotel de luxo, com piscina, campo de golfe, boliche, salão de dança etc., etc.

— Diga-me uma coisa, foi você quem me chamou faz três horas?

— Sim, fui eu.

— E por que não insistiu?

Bari Bal respondeu meio embaraçado:

— Bem, de repente fiquei com sono, sabe, com este calor, e aí tirei uma sonequinha.

— A propósito, quem lhe avisou do incêndio? Não me diga que esteve lá em Sonhos Beatíficos porque não acredito.

— De fato não estive lá. Foi o Ta Tu quem me disse.

— Ele mesmo? E viu o incêndio com os próprios olhos?

— Creio que sim.

— Onde é que ele anda?

— Foi dormir.

Pre Guiça hesitou. Por um lado, a voz do dever lhe dizia que tinha de ir de qualquer jeito verificar o que acontecera em Sonhos Beatíficos; por outro... bom, por outro, quase quase, já estava adormecendo. Finalmente, o dever prevaleceu. Pre Guiça disse:

— Bom, é preciso ir. Quantos quilômetros até o hotel?

— Mais ou menos cem.

— Longinho, hein?!

Assim, após muitas hesitações e regateios, o corpo de bombeiros da floresta se pôs em marcha para apagar o incêndio que estava destruindo o hotel mais luxuoso do Brasil. A caminho, como ocorre quando os bombeiros vão depressa, saltaram das moitas muitas Tou Peiras, Es Quilos cinzentos, Mar Motas, Hams Ters, Es Quilos marrons e outros animais notoriamente dorminhocos, também eles, sabe-se lá por que, contratados como bombeiros no lugar de tantos outros mais adequados. A companhia, de vez em quando, parava numa clareira e, de repente, todos tiravam uma sonequinha. Pre Guiça, em quem o sentido do dever lutava contra uma violenta inclinação ao sono, tentou mobilizá-los no meio do caminho:

— Jovens, vocês não percebem que não é hora de dormir mas sim de agir? Que os incêndios não esperam mas se espalham por conta própria? Que daqui em diante temos de ficar praticamente sem dormir? E, portanto, gritem comigo: viva a vigilância, abaixo o sono!

Assim proclamou com voz retumbante; mas, dominada pelo sono, no meio da frase, quebrou-se pela metade a palavra vigilância. Disse: "Vigi..." e depois adormeceu de repente, caindo sobre o parapeito da tribuna de onde falava. Ao ver a comandante roncar em pé, todos os bombeiros, sem titubear, imitaram-na. Isso sim é que é disciplina!

Histórias da Pré-História

Dormiram por cerca de duas semanas e depois retomaram a marcha rumo a Sonhos Beatíficos. Todo dia, faziam uma longa sesta que no final quase se juntava com a dormida noturna, com um único intervalo de uma hora e pouco dedicado à marcha. Naturalmente, uns dormiam mais e outros menos. Alguns dormiam com um olho aberto; outros dormiam, não se sabe como, caminhando; por fim, Pre Guiça tinha inventado um sono pessoal: dormia a prestações. Ou seja, em turnos, fazia dormir uma parte do corpo, enquanto outra permanecia desperta; por exemplo, ora uma pata e ora os ouvidos, ora a cauda e ora a garganta, ora as costas e ora a barriga. Já estou ouvindo alguém perguntar: e o cérebro? Bom, de novo não sei dar-lhes uma resposta precisa. Como já disse, tudo isso acontecia há um bilhão de anos; e depois, quem pode saber o que acontece na cabeça de uma dorminhoca como Pre Guiça, seja ontem ou hoje?

Afinal, depois de aproximadamente um mês de trilhas, durante o qual muitos outros bombeiros, ou seja, Mar Motas, Es Quilos e Tou Peiras se agregaram à expedição, quem vocês imaginam que Pre Guiça e seus companheiros encontraram numa clareira da floresta? Ninguém menos que Ta Tu, suposta testemunha ocular da catástrofe de Sonhos Beatíficos. Todos, naturalmente, se amontoaram ao redor de Ta Tu, gritando:

Histórias da Pré-História

— Ta Tu, Ta Tuzinho, como é que foi mesmo a coisa? Conte, conte, você que esteve lá e viu tudo.

E Ta Tu, candidamente:

— Eu, para dizer a verdade, em Sonhos Beatíficos não estive. Quem me informou sobre o incêndio foi... Les Ma.

Perante tal resposta, todos ficaram consternados. Les Ma, animal lentíssimo como todos sabem, provavelmente levara alguns anos para percorrer os cem quilômetros necessários para chegar a Sonhos Beatíficos; assim, ficava claro que o corpo de bombeiros Pre Guiça chegaria ao local do incêndio desastroso não só depois de terminado mas até já esquecido. Todavia, como disse logo Pre Guiça, era preciso chegar lá do mesmo jeito. "Ao menos", acrescentou, "para levar àquela pobre gente que ficou sem teto o conforto de nossa solidariedade."

Assim, a marcha foi retomada e, sem querer empacar em descrições ulteriores, digamos que, alguns meses depois do encontro com Ta Tu, os bombeiros chegaram finalmente a Sonhos Beatíficos. Esperavam ver o desolado panorama de um incêndio, que tinha sido descrito como terrível e total; ao contrário, ficaram muito maravilhados ao descobrir que não havia nenhum sinal do incêndio. E que, em vez dos elegantes e numerosos bangalôs do hotel de luxo, agora havia um imenso recinto quadrado, sem portas nem janelas, com uma torre de guarda em cada canto. Não se via ninguém, não se ouvia nenhum barulho. Talvez, conforme disse Pre Guiça, os antigos frequentadores do hotel estivessem fechados dentro daquele enorme quadrilátero; mas era tudo uma suposição.

Pre Guiça, tentando superar o estupor, disse:

— Passaram-se cinco anos, é claro que reconstruíram o hotel.

Bari Bal expressou o sentimento comum:

— Não o reconstruíram tão bem. Era muito melhor antes. Não tenho razão?

Uma das Mar Motas replicou:

— Antes era de fato um sonho abençoado. Agora me parece um pesadelo.

Ta Tu disse, conciliador:

— Mas ainda é melhor que nada.

Pre Guiça resumiu a situação desta forma:

— Não apenas o incêndio foi controlado; mas a construção foi refeita, embora seguindo a moda atual, sobre a qual haveria muito a comentar. Porém, como diz o provérbio: gosto não se discute. Agrada a eles e nós só podemos aceitar.

A voz quase inaudível de um Hams Ter gritou de repente:

— Mas quem disse que agrada a eles? Ao menos falaram com quem mora aí?

Histórias da Pré-História

Contestação justíssima. Foram logo enviadas estafetas para dar a volta na construção e interrogar, caso fosse possível, os habitantes. Levaram alguns dias porque, como disseram depois, talvez por influência daquela monotonia, adormeceram mais de uma vez. De qualquer modo, a resposta deles foi peremptória: não havia alma viva em nenhum dos quatro lados do recinto. Provavelmente, os habitantes, se é que existiam, estavam do lado de dentro. Mas, a propósito, como tinham feito para entrar?

Pre Guiça coçou a cabeça e depois disse:

— Creio que construíram em volta deles. Como se amanhã um alfaiate costurasse uma roupa direto no cliente.

A essa altura, a história se enrosca. Pudera, coisas de um bilhão de anos passados! Há quem diga que os bombeiros debandaram, retornaram aos longos sonos na floresta. Mas há também quem diga que Pre Guiça teria permanecido em Sonhos Beatíficos, pendurada numa árvore da floresta que circunda o imenso recinto. Imersa num sono sem fim, estaria à espera do inevitável incêndio do hermético quadrilátero. Bom, algum incêndio, cedo ou tarde, há de começar; e aí, Pre Guiça, dessa vez, não quer ser apanhada de surpresa.

A FAVOR DA CORRENTE NO RIO ZAIRE

Há um bilhão de anos, numa floresta do Zaire, um certo Go Rila, criatura rica em idade e sabedoria, sentindo que a morte se aproximava, disse a seu filho Go Rilinha:

— Labutei a vida inteira e não lhe deixo nada: esta é a sina dos honestos. Em compensação, em troca dos bens que não possuo, dou-lhe um conselho que se pode considerar precioso: se quiser ficar de bem com a vida, navegue a favor da corrente. Lembre-se: a favor da corrente, sempre e em todos os casos.

Go Rilinha perguntou:

— O que significa a favor da corrente?

Go Rila respondeu:

— Significa ficar do lado da maioria, com os que contam mais. Observe o nosso rio Zaire. Tudo isso que flutua e se move desce, seguindo a corrente.

— E para onde vai?

— Vai rumo à meta.

— E o que é a meta?

Desta vez Go Rila permaneceu em silêncio um instante. Disse enfim:

Histórias da Pré-História

— A meta, a meta... bom, a meta é o que você encontra no final de uma longa caminhada na floresta. Se encontrar mel, a meta era o mel; se encontrar banana, esta era a meta.

— E se não encontro nada?

— Então a meta era o nada.

Go Rilinha, a essa altura, perguntou:

— Tem algo mais para me dizer?

Go Rila respondeu:

— Sim, eis alguns outros conselhos sob a forma de provérbios. Uma coisa é prometer, outra é cumprir. Água mole em pedra dura tanto bate até que fura. Deus os faz, e o diabo os junta. Melhor um pássaro na mão *e* dois

Alberto Moravia

voando. A galinha do vizinho é sempre mais gorda. As palavras são de prata, o silêncio é de ouro, os tonéis são de platina. As mentiras têm pernas compridas, compridas, compridas.

Ditas estas e poucas outras coisas, Go Rila morreu, isto é, caiu da árvore onde vivia, direto no pântano, bem embaixo, e ali ficou, estirado. Depois de algum tempo, Go Rilinha procurou a mãe e disse:

— Mamãe, vou embora.

— E para onde?

— Rumo à meta.

— Mas de que jeito?

— A favor da corrente.

— Bom — suspirou a mãe —, esperemos que sua meta tenha por perto uma loja de tecidos. Estou precisando de lençóis de casal com as respectivas fronhas e uma toalha de mesa para oito lugares com os guardanapos.

Go Rilinha disse que daria um jeito de adquirir aquilo tudo assim que chegasse à meta; daí, dirigiu-se para a floresta, no sentido do rio Zaire. Quanto ficava distante o rio? Digamos, alguns milhares de saltos de uma árvore para outra. Assim, à base de saltos, alimentando-se de bagas e de brotos, Go Rilinha chegou à meta que, dessa vez, consistia num misterioso luzir de águas que mal dava para distinguir entre a folhagem das árvores. Apressou o passo, isto é, deu novos saltos, debruçou-se e en-

Histórias da Pré-História

tão viu o rio em toda a sua imensidão como o pai tantas vezes lhe havia descrito. Mas agora, colocava-se um problema: aquela extensão interminável de águas resplandecentes *não se mexia*. Imóvel como estava, não permitia entender para que lado ia a corrente, se para a direita ou para a esquerda. Mas se não dava para saber para que lado ia a corrente, como se fazia então para ir a seu favor? Go Rilinha, depois de uma tão longa quanto inútil contemplação, dirigiu-se a um certo Croco Dilo, que tomava sol num areal, ali perto:

— Por favor, poderia me dizer para que lado vai a corrente?

Croco Dilo piscou várias vezes e respondeu com voz cavernosa:

— Que pergunta idiota! Vai a favor da corrente.

Go Rilinha, desconcertado, fez a mesma pergunta a um tal de Hipo Pótamo, que estava inteiro dentro d'água, até a ponta do focinho. Recebeu esta resposta:

— Ah, essa é boa, para onde eu vou.

— O que significa?

— Vai de acordo com Hipo Pótamo.

Só restava interrogar um sério Mara Bu que meditava em cima de uma árvore. O Mara Bu levou algum tempo para responder. Afinal disse:

— Conforme estudos atualizados e profundos, resultaria que a corrente vai para onde prefere.

A essa altura, desesperado, Go Rilinha sentou-se na margem e aguardou: alguma coisa havia de acontecer. E, de fato, eis que surge no rio uma jangada composta de vários troncos amarrados uns aos outros. Nela se viam algumas figurinhas negras que se moviam com vivacidade ao som de um tambor: dançavam. Em seguida, Go Rilinha notou que a jangada se movia; portanto, deduziu, ia a favor da corrente. Foi o que bastou para tomar sua decisão. Deu um salto, nadou até a jangada e nela subiu. Descobriu então que as figurinhas negras eram uma família de Pig Meus, composta de pai, mãe e dois filhos que desciam o rio tranquilamente naquela embarcação improvisada. Gente alegre e hospitaleira, os Pig Meus deram as boas-vindas a Go Rilinha, deram-lhe comida para que restaurasse as forças. E passaram às perguntas. Go Rilinha interrogou:

— Vocês vão a favor da corrente?

— Sempre.

— Em todos os casos?

— Não se exclui nenhum.

— E para onde vão?

O pai Pig Meu coçou a cabeça e aí respondeu:

— Hum, em geral, até onde eu sei, diria: rumo à meta.

Go Rilinha não quis saber de mais nada. Depois daquele dia, passaram-se muitos outros, todos iguais e todos felizes: os Pig Meus só faziam dançar, cantar, beber e comer. Que vida mansa! Que vida despreocupada. Go Rilinha dançava, cantava, bebia e comia. Entretanto, não se cansava de elogiar o pai, que lhe dera aquele conselho precioso de seguir sempre a favor da corrente.

Mas num dia azarado, pronto, o rio embocou uma descida e pegou uma corrente cada vez mais rápida e turbulenta. Simples, aproximavam-se as corredeiras do Zaire, famosas por sua periculosidade. Mas os Pig Meus não se preocupavam com elas. Tinham a bordo um barrilzinho de vinho de palmeira, continuavam bebendo e dançando, enquanto cantavam:

A favor da corrente,
não há repentes:
vai com a gente.
Contra a corrente,
como se sente?
Vai sozinho
e cadente.

Go Rilinha gostaria ele também de acreditar que, ao navegar a favor da corrente, não acontecia nada; mas os fatos, infelizmente, desmentiam os Pig Meus. Agora, a jangada voava entre escolhos pontudos e redemoinhos espumantes: uma corredeira sucedia a outra; a cada uma delas, os Pig Meus, já bêbados, davam um berro de alegria. Go Rilinha tinha se agarrado à chaminé do fogão e esta foi a sua salvação.

Com efeito, numa corredeira mais violenta, a jangada ricocheteou de uma pedra para outra; na queda, as cordas que mantinham os troncos unidos se romperam; e os Pig Meus, Go Rilinha e tudo o mais foram parar na água. Go Rilinha sentiu-se virar e revirar não sei quantas vezes debaixo d'água. Devagarinho, as águas se acalmaram e Go Rilinha, impelido para cima, emergiu ao sol e aí viu a extensão azul do mar.

E agora, que fazer? Go Rilinha vislumbrou a pouca distância um dos troncos da jangada que sacolejava sobre as ondas, chegou lá com poucas braçadas e subiu nele. Mas, tendo subido, logo percebeu que a situação era muito séria, para não dizer desesperadora. De fato, como pôde constatar, no mar não havia apenas uma corrente como no rio, mas muitas, infinitas, motivo pelo qual era impossível dirigir-se para a meta. O tronco no qual estava agachado ora se virava para um lado, ora para outro; ora ia para a frente e ora para trás. Além disso, o mar não tinha margens como o rio; a imensidão não tinha limites; o centro estava em todo e em nenhum lugar. Go Rilinha concluiu que, se não fosse socorrido, logo morreria de fome naquele tronco sem direção.

Por não sei quanto tempo, andou à deriva agarrado ao tronco vagante, alimentando-se, quando podia, de peixinhos e de algas. O tronco subia e descia pelas ondas, depois parava, e recomeçava. Os dias seguiam-se às noites e estas aos dias. A deriva parecia não ter mais fim.

Entretanto, o mar havia passado de azul para cinzento; o sol havia esfriado; neblina e chuva faziam gelar Go Rilinha, acostumado ao sol africano. Até que um dia...

Um navio todo de ferro com uma chaminé que vomitava nuvens de fumaça preta parou a pouca distância do tronco; uma chalupa foi baixada ao mar; Go Rilinha já se encontrava no limite de suas forças, foi içado a bordo e instalado numa cabine.

O capitão veio logo dar-lhe boas-vindas. Go Rilinha, agora, não sentia mais frio nem fome. A cabine era aquecida; tinham-lhe servido uma refeição copiosa à base de bananas e abacaxis. Todo contente, disse ao capitão:

— Obrigado por ter me salvado de morte certa. Mas onde estou?

— A bordo de um vapor inglês. Neste momento, entramos na foz do rio Tâmisa e estamos subindo a corrente rumo ao porto de Londres.

Go Rilinha exclamou:

— Mas então estamos indo contra a corrente.

— Não existe alternativa.

— Mas como pode ser?

— Simples. Graças às nossas máquinas que produzem força motriz.

— E continuando a andar contra a corrente, o que vai acontecer comigo?

— Você será entregue nas mãos do diretor do zoológico de Londres e hospedado numa linda jaula com todas as comodidades. Vai se tornar, sem dúvida, uma das maiores atrações do zoo.

Ao ficar sozinho, o pobre Go Rilinha não pôde deixar de cair em prantos: assim, a sua aventura ia terminar numa jaula de zoológico! Depois de chorar por muito tempo, Go Rilinha pegou a caneta e escreveu a seguinte carta para sua mãe:

"Cara mamãe, por enquanto, nada de lojas de tecidos. Verei, quando chegar a Londres, se haverá alguma perto do zoológico.

Talvez você queira saber o que aconteceu comigo. Eis um resumo:

Fui a favor da corrente e acabei nos escolhos. Vaguei sem corrente e quase morri de fome e frio. Fui contra a corrente e acabei trancado numa jaula."

AH DÃOH E EH VAH: AQUELES PREGUIÇOSOS

Há um bilhão de anos, certa Ser Pente também conhecida com o nome de Advogada por sua língua solta e pela cara de pau, deslizava pensativa por um atalho, ao longo de um lindo riacho de águas transparentes como vidro. Por que ia assim tão pensativa a Ser Pente? Porque um hortelão de nome Jeh Oh Vah lhe pedira para intervir com a sua célebre falação numa história complicada; e ela acabara aceitando; mas agora tinha se arrependido e gostaria de libertar-se do compromisso: confusões entre camponeses, é melhor passar longe. Mas Jeh Oh Vah lhe havia prometido um cesto de figos frescos, recém-colhidos da árvore; e Ser Pente, muito gulosa por figos, sobretudo frescos, não conseguia renunciar a eles. O que fazer?

Mas afinal, que história era essa em que Jeh Oh Vah tinha insistido para que Ser Pente interviesse? Aqui vai: tempos atrás, Jeh Oh Vah tivera a infeliz ideia de enviar um tal de Ah Dãoh e uma tal de Eh Vah para sua belíssima propriedade denominada Éh Dehn, para ali descansar alguns dias. Por que os convidara? Porque sentia-se sozinho, solitário demais. Dizia: "Eu", e ninguém lhe respon-

Histórias da Pré-História

dia: "Você". Assim, havia justamente pensado que aqueles dois, bem conhecidos por seu caráter alegre, poderiam fazer-lhe companhia.

Mas não contava com o fato de que Ah Dãoh e Eh Vah eram dois vagabundos sem eira nem beira, que não sabiam fazer nada além de tocar violão, dançar, cantar e fumar baseados. Para esses dois jovens metidos a bacanas, encontrar-se no belíssimo jardim de Jeh Oh Vah e decidir que não iriam mais embora foi um passo. Assim se passaram dois milhões de anos (na época o tempo passava num segundo) e os folgados ainda estavam lá. O que faziam? Nada, absolutamente nada. Ou melhor: tocavam violão, dançavam, cantavam, faziam coroas com as inúmeras flores lindas do Éh Dehn e, naturalmente, fumavam. Às vezes, quando estavam descontrolados, brincavam de polícia e ladrão: ele ou ela se escondia; e um procurava o outro.

Como a permanência dos dois hóspedes já se prolongava além dos limites da boa educação (já estavam no quinquagésimo milionésimo ano de permanência), Jeh Oh Vah tentou, primeiro com discrição e depois com insistência cada vez maior, fazê-los entender, aos dois, que a presença deles incomodava. Além de tudo, os dois hóspedes o tinham ofendido, demonstrando um profundo desprezo pelo trabalho. Jeh Oh Vah era um grande trabalhador; e o jardim do Éh Dehn estava ali como prova, com suas terras cultivadas, suas flores, suas árvores e suas plantas: tudo era resultado do que o hortelão tinha plantado, na realidade, a partir de um verdadeiro deserto. Assim, quando chegaram, Jeh Oh Vah havia proposto a eles que trabalhassem juntos no jardim: acreditava que aceitariam, visto que o jardim lhes agradava tanto. Mas logo se deu conta do engano:

— Nós, trabalhar? E por quê? Estamos aqui para desfrutar a vida. Trabalhe você, se gosta tanto.

— Mas vocês usufruem do jardim, não? Portanto, ajudem-me a torná-lo mais bonito.

— Nem pensar! Cada um deve fazer o que mais lhe agrada. Você gosta de trabalhar, então vá em frente. Nós gostamos de tocar violão, cantar, dançar e fumar a erva e é o que fazemos.

— Mas quem não trabalha, não come.

— E o que significa comer?

Para entender esta última pergunta, é preciso saber que naquele tempo todos comiam, exceto aqueles dois, Ah Dãoh e Eh Vah. As amebas comiam, os insetos comiam, os peixes comiam, os répteis comiam, os mamíferos comiam; mas Ah Dãoh e Eh Vah, só eles não sabiam o que era comer. Ninguém lhes dissera e, afinal, essas coisas são sobretudo uma questão de hábito: e eles tinham o hábito de tocar, cantar, dançar e fumar a erva; mas o hábito de comer era desconhecido para eles.

Histórias da Pré-História

Assim, quando Eh Vah perguntou: "Mas o que é comer?", Jeh Oh Vah mordeu a língua e disse confusamente:

— Bom, se diz assim. Não significa nada, nada mesmo. Contudo, aqui está um pouco de erva, colhi fresquinha hoje de manhã para vocês.

Imaginem aqueles dois. Pegaram a erva e sumiram, sem ulteriores perguntas sobre o fato de comer. Passaram-se assim outros dois milhões de anos. Então Jeh Oh Vah, desesperado, visto que os dois continuavam fingindo que não entendiam, foi procurar Ser Pente, bem conhecida, conforme já dissemos, por sua eloquência e capacidade de persuasão; e lhe expôs o caso. Disse no fim:

— Do jeito que as coisas andam, não tenho nenhum pretexto para expulsá-los. Afinal, tenho de reconhecer que se comportam bem: que mal existe em tocar, cantar, dançar e fumar? Você deveria convencê-los a fazer algo proibido; aí eu teria um pretexto para mandá-los embora.

Ser Pente coçou a cabeça com a ponta do rabo e depois disse:

— Ah Dãoh e Eh Vah são os únicos, entre todos nós, animais da criação, que não apenas não comem mas não sabem sequer o que seja comer. Bom, digo a eles para comerem alguma coisa, por exemplo, aquela linda maçã vermelha, lá em cima, naquela macieira. Você chega, conta as frutas, verifica que está faltando uma. Eis o seu pretexto. Que tal?

Jeh Oh Vah respondeu:

— Você é um gênio. E dizer que eu não tinha pensado nisso. É sempre assim: a solução de um problema está diante de seu nariz e você não a vê. Eu topo.

— Então estamos entendidos. Remuneração, com as despesas incluídas: um cesto cheio de figos frescos recém-colhidos. Está certo?

— Certíssimo.

Este foi o episódio que antecedeu o passeio meditabundo da Ser Pente ao longo do rio. Ser Pente estava, portanto, pensando em como poderia poupar-se ao aborrecido e fatigante passeio até o Éh Dehn quando, de repente, viu na água transparente do rio uma certa En Guia, que ia saracoteando entre os talos das ninfeias em busca de girinos e outros animaizinhos comestíveis. Ser Pente pensou: "En Guia se parece tanto comigo que dá para confundir: nenhuma de nós tem pernas nem braços; ambas nos movimentamos do mesmo jeito, isto é, eu me arrastando pelo chão e En Guia nadando na água: quem não confundiria uma com a outra? Além do mais, Jeh Oh Vah, há algum tempo, ficou velho, muito velho; mas, como todos os velhos, teima em não reconhecer isso e assim, embora quase cego, não usa óculos. Por isso, se En Guia for no meu lugar, ele nem vai perceber. En Guia explicará a Ah Dãoh e Eh Vah o que significa comer; eles vão comer a maçã e Jeh Oh Vah terá o pretexto para expulsá-los do Éh Dehn. Depois, tudo terminado, com calma, vou buscar meu cesto de figos. Quanto a En Guia, dou-lhe uma porção de girinos e ficará mais que satisfeita".

— Ei, En Guia, estou falando com você!

En Guia, ouvindo ser chamada, apareceu logo na superfície da água:

— Falou comigo?

— Sim, exatamente com você, caríssima En Guia; vai me fazer um favor.

— Sou toda ouvidos.

— Então ouça...

Rapidinho, Ser Pente explicou tudo: explicar era o seu forte. Mas En Guia ficou perplexa:

— Eu... sou muito tímida, não posso falar e muito menos convencer...

— Não tem importância. Basta que lhes diga: "Escutem bem vocês dois: já tentaram comer alguma vez?". Depois explica em poucas palavras como se faz para comer e lhes mostra, justamente, uma fruta, por exemplo, uma maçã; Jeh Oh Vah tem uma macieira na qual haverá, no mínimo, umas cem maçãs. Nessa altura, você toma o seu caminho de volta. Depois, com a coisa concluída, isto é, a maçã comida, com toda a calma, chego eu e cuido de tudo. A você, depois, darei uma boa panelada de girinos fritos. Que me diz?

En Guia era tímida, mas os girinos lhe provocavam água na boca e assim, no final, pensou que, embora tímida, seria capaz de dizer: "Ouçam um pouco vocês, alguma vez experimentaram uma boa comilança?". Sim, porque, como todos os animais, En Guia era ávida e, para ela, comer significava encher-se de comida até explodir. Ou seja, justamente fazer uma comilança.

Portanto, En Guia acertou tudo com Ser Pente e aí subiu o rio até os jardins do Éh Dehn, maravilhosa criação de Jeh Oh Vah. Notou que havia chegado ao Éh Dehn pela mudança da paisagem. Até então existia um campo cultivado dos mais normais. Agora, pronto, de repente, canteiros cheios de flores, plantas luxuriantes, árvores cheias de frutas nunca vistas. En Guia pensou: "Mas esse Jeh Oh Vah é mesmo um hortelão extraordinário". Entre tais reflexões, surpresas e êxtases, foi em frente e, por fim, do riacho desembocou num laguinho estupendo, com água cristalina, redondo e azul como uma pedra preciosa, completamente circundado por pequenos bosques amenos. Jeh Oh Vah estava trabalhando numa estufa, dedicando-se a certos tipos de cáctus. Disse En Guia, tratando de dar a sua voz um tom mais sibilino, como o da cobra:

— Aqui estou, sou a Ser Pente, onde andam aqueles dois?

Jeh Oh Vah escutou a voz, virou-se mas, como não usava os óculos, trocou, conforme previsto, En Guia por Ser Pente e respondeu:

— Caríssima Ser Pente, finalmente chegou! Estava esperando por você. Bom, aqueles dois estão na gruta das verduras, lá embaixo, depois do lago. Como de costume, devem estar tocando violão. Vá e boa sorte.

En Guia voltou a mergulhar no lago, nadou até a margem oposta e se debruçou na gruta das verduras. A dupla não tocava violão, tal como dissera Jeh Oh Vah: dormiam. Abraçados, naquela sombra deliciosa, com música suave em surdina (no Éh Dehn havia *também* música), ambos roncavam, se bem que de maneira diferente: Ah Dãoh com força, quase feroz; Eh Vah, mais leve, quase inaudível. En Guia observou o casal: dormiam numa boa; pensou em acordar só Eh Vah, cujo aspecto gentil era tranquilizante. Estava justamente, com a delicadeza que lhe era própria, a ponto de fazer cócegas, com a cauda, no ouvido esquerdo de Eh Vah, quando ela acordou sozinha, viu-a e disse:

— Oi, En Guia, o que anda fazendo por aqui?

En Guia tinha sobretudo pressa de ir embora. Disse:

— Estou aqui por acaso, seguindo uma pererera minha conhecida a quem caço desde sempre. Mas, a propósito de caçadas e de pererecas, me digam vocês, algum dia participaram de uma boa comilança?

Disse "comilança" e não "comer"; e dessa mudança, causada pelo fato de ela não ser uma víbora e não saber a diferença entre uma palavra e outra, resultou todo o desastre. Eh Vah arregalou os olhos e perguntou curiosa, o que seria uma comilança. En Guia lhe explicou: significava encher o estômago até estourar; depois, acrescentando que tinha o que fazer, despediu-se com um "tchau e boa comilança", voltando a mergulhar no lago. Nadou até a estufa de cáctus, informou Jeh Oh Vah rapidinho:

— Missão cumprida. Antes do anoitecer, pode ter certeza de que a maçã será comida; e assim, poderá expulsá-los sem ficar com a impressão de ter cometido uma injustiça.

Jeh Oh Vah respondeu:

— Obrigado, Ser Pente. Mas quanto ao cestinho de figos, tenha paciência, ainda não o preparei. Volte, digamos, daqui a um milhãozinho de anos.

Na verdade, Jeh Oh Vah conhecia a Ser Pente e não confiava nela: sabia que era bem capaz, por amor aos figos, de dar por terminada uma coisa que nem tinha começado. Imaginem En Guia! Não queria nada além de sumir dali, os figos não lhe interessavam; tinha ganas de devorar a prometida porção de girinos fritos. Disse apressada:

— Tudo bem! Um milhão de anos? Pode até ser um milhão e meio. Bem, estou com pressa, já vou indo.

Mais um salto e sumiu no lago.

Histórias da Pré-História

Nadou em linha reta pelo rio, até a foz; chegou ao local do encontro com Ser Pente e lhe fez um relatório detalhado sobre a situação no Éh Dehn após sua visita. Porém, por esquecimento ou por consciência do erro, não disse que, na pressa, tinha substituído o verbo "comer" pela expressão mais forte, ou seja, "fazer uma comilança". Ser Pente, toda feliz, lhe deu a recompensa prometida: uma frigideira cheia de girinos saídos do fogo, ainda quentinhos. En Guia atirou-se à frigideira e foi ela quem fez a tal comilança, tanto que, no final, se parecia mais com Pí Ton, célebre por seu apetite, do que com Ser Pente, tão magra e mirrada. En Guia disse a Ser Pente:

— Obrigada, quando calha, é bom aproveitar, foi uma comilança magnífica. Agora, vou digerir no fundo do rio, na minha grutinha particular. Até a próxima e passar bem.

Ser Pente, por sua vez, não levou tanto tempo para ir cobrar a recompensa não merecida: apenas um milhão de anos. Tendo soado o último segundo do último minuto da última hora do último dia do último mês do último ano, precipitou-se para o Éh Dehn, já pressentindo o gosto do cesto de figos. Pois sim, que figos que nada! Assim que entrou na alameda de acesso ao Éh Dehn, um espetáculo desolador apresentou-se diante de seus olhos: onde antes existiam vinhas carregadas de cachos de uva branca e preta, só se viam varetas tortas e peladas; onde havia um pomar, nada mais que folhas e folhas e nem sombra de frutas. Os campos cultivados de trigo faziam pensar, todos amarelos e eriçados como estavam, num rosto com barba por fazer; entre os restos de plantas, viam-se ondular longos talos tristes mas nada de melancias, pepinos nem melões. E o que dizer das verduras: alfaces lisas, escarolas, alfaces crespas e assim por diante; o que dizer das cebolas e dos alhos; o que dizer de tudo o que cresce sob a terra, como batatas, cenouras, beterrabas, nabos? Tinha sumido tudo, saque geral! Ser Pente intuiu logo que algo de grave tinha acontecido; desistiu dos figos e resolveu desaparecer. Mas não teve tempo. De repente, diante da porta da estufa de cáctus (as únicas plantas, parecia, que não haviam sido tocadas), eis que aparece Jeh Oh Vah. Dessa vez estava de óculos e na mão direita trazia uma bengala:

— Ah, é você! E ainda tem coragem de dar as caras. Para cobrar o preço de sua traição, é isso!

— Mas eu...

— Você me tinha dito: farei com que comam uma das maçãs, uma única maçã, para dar-lhe um pretexto de expulsá-los. Mas você fez com que comessem o jardim inteiro. Quer os figos, hein? Vá pedir a eles, que fizeram uma comilança colossal. Isso mesmo, uma comilança. Eh Vah, que é mais ingênua, me disse: "Veio En Guia e falou comigo: Oi, vocês dois, já participaram de uma

Histórias da Pré-História

133

comilança?". Assim, eu soube que, além de tudo, você nem veio pessoalmente; aproveitando-se, de forma vil, da minha miopia, mandou em seu lugar aquela tonta da En Guia!

— Mas eu...

— Você é uma mentirosa, trapaceira, ladra. E eu, como bom mentiroso, trapaceiro e ladrão, em vez de Ah Dãoh e Eh Vah, agora expulso você deste meu Éh Dehn, que um dia foi um verdadeiro paraíso e agora parece um chiqueiro de periferia. Fora, fora, fora!

Assim dizendo, Jeh Oh Vah lançou-se contra Ser Pente, enchendo-a de porretadas. Ser Pente, moída, sangrando, meio quebrada, teve dificuldades para fugir de tamanha fúria. E, para sorte sua, Jeh Oh Vah, durante o ataque, perdeu os óculos, caso contrário teria acabado com a víbora. Esta aproveitou-se de um momento em que Jeh Oh Vah procurava os óculos, disparou através do portal do paraíso e desde então ninguém mais a viu. Dizem que escapou para debaixo da terra, para uma gruta onde ainda permanece, roendo-se de raiva, incapaz de recuperar-se; um verdadeiro trauma.

Quanto a Jeh Oh Vah, no mesmo dia, jogou tudo o que era seu em cima de uma grande carroça puxada por dois bois; e o tempo inteiro resmungava, para si mesmo: "Ou eu ou eles. Ou eu ou eles", falando, é claro, de Ah Dãoh e Eh Vah. Assim, repetindo sempre essa frase, foi embora do Éh Dehn. Dizem que sua despedida dos dois hóspedes teria consistido nesta frase de significado obscuro, mas com nítido sentido de desprezo:

— Adeus, vocês dois. Ah Dãoh, o mundo começa.

Diante disso, Eh Vah teria perguntado, sem graça:

— Mas o que você está querendo dizer?

E ele:

— Não se preocupe. Eh Vah, caminha!

Assim que saiu do Éh Dehn, Jeh Oh Vah encontrou os dois filhos pequenos do voraz casal, Cah Inh e Ah Bel, que, no meio de um campo, se esmurravam a valer. Jeh Oh Vah olhou-os por um longo momento, sacudiu a cabeça com tristeza, bateu com a vara de pastor na garupa dos bois e prosseguiu.

Onde foi parar Jeh Oh Vah, depois da expulsão da Ser Pente do Éh Dehn, ninguém sabe com certeza. Alguns dizem que mudou de nome: agora, responderia por Paih- -Eh-Ther-Noh e com este nome teria criado, grande jardineiro que é, um jardim mil vezes mais bonito que o velho Éh Dehn. Outros dizem, ao contrário, que, afinal, teria aceito retornar ao Éh Dehn, diante de um convite reparador de seus dois hóspedes arrependidos, para ali terminar seus dias; e que, atualmente, residiria numa cabana, perto da estufa dos cáctus. Mas tudo não passa de conjecturas, pois ninguém o viu mais. Como da Fênix árabe, dele se pode dizer:

Que existe, todos o dizem.
Onde andará, ninguém sabe.

CHER NA E JA VALI, AMOR DE MENTIRA

Há uma dúzia de bilhão de anos, um certo Ja Vali apaixonou-se perdidamente por uma tal de Cher Na. Convém saber que naquele tempo não havia nada de extraordinário num amor desses. Todos os animais viviam em paz e se queriam bem; podia até acontecer que, por hipótese, Ele Fante, bem conhecido por sua corpulência, cortejasse Pul Ga, não menos notória por sua pequenez. Em suma: o amor reinava e não se sabia o que era a antipatia, a hostilidade, o ódio. Todavia, também o amor tinha limites; por exemplo, já existiam o mar e a terra, e os animais do mar ficavam entre si e igualmente os da terra. E de fato, remonta àquela época o provérbio que diz: "Entre falar e fazer há um mar de distância". Ora, Cher Na e Ja Vali quiseram transgredir essa regra, condensada, por sua vez, em outro provérbio bastante conhecido: "Lé com lé, cré com cré (e cada qual com os da sua ralé)". Esta é a história verídica das graves consequências dessa transgressão.

Cher Na vivia numa baía tranquila de límpidas águas azuis; Ja Vali, numa profunda caverna, no fundo da floresta; mas ambos adoravam passear: Cher Na no mar,

Histórias da Pré-História

ao longo da praia, Ja Vali na terra, também ele ao longo da praia. Assim se encontraram e naturalmente começaram a conversar:

— Seu nome é Cher Na, não é mesmo?
— E você, Ja Vali, não é assim?
— Quem lhe disse meu nome?
— Ba Calhau, aquele intrometido. E quem lhe disse o meu?
— Lon Tra, aquela fofoqueira.
— Lindo dia, não é?
— Nem tanto, está prestes a chover.
— Que tal dar uma voltinha?
— Com prazer — *et cetera et cetera*.

Em poucas palavras, deram um primeiro passeio, depois um segundo, mais tarde um terceiro e acabou que se apaixonaram um pelo outro. Cher Na adorava aqueles pelos negros e lustrosos de Ja Vali; este, por sua vez, delirava por aqueles olhões lânguidos de Cher Na. E o mar?, vocês me perguntarão. Sim, o mar os dividia. E de

fato, remonta àquela época um provérbio famoso: "Rabo no mar, cabeça na terra".

A partir daquele dia, assim que chegava à praia, logo Cher Na emergia da água com sua cabeçorra rosada e lhe lançava uma de suas célebres olhadas amorosas. Por seu lado, Ja Vali se exibia, em honra de Cher Na, em alguma manobra magistral de cabeça baixa contra um inimigo imaginário. Depois se falavam, trocavam elogios, como por exemplo: "Como são bonitas as suas barbatanas!", "Nada que se compare às suas presas!". Enfim, realmente gostavam um do outro. Porém, infelizmente, entre eles continuava a existir o mar, tanto é assim que, naquela época, começou a circular o provérbio: "Um mar lava o outro e todos os dois lavam o arroz".

Por fim, a primeira a cansar-se foi Cher Na, que tinha no fundo do mar, numa grande concha, uma graciosa casinha com três quartos e dependências completas e gostaria que Ja Vali fosse morar com ela:

— Escute, por que você não vem para o mar, para minha casa, a somente três mil quilômetros de profundidade? Se soubesse como é linda minha casinha.

Ja Vali, que não sabia nadar mas tinha vergonha de admiti-lo, respondeu:

— Justamente hoje, estou com reumatismo na pata direita, a umidade não me faria bem. Por que você não sai da água e vem fazer uma visitinha lá em casa, numa bela toca provida de todas as comodidades, a apenas vinte mil quilômetros de distância?

Ora, Cher Na, como todos os peixes, não tinha pés, mas se envergonhava de admiti-lo; e assim respondeu:

— Por coincidência, tenho um calo no mindinho do pé direito; hoje, realmente não consigo fazer uma caminhada tão longa.

Enfim, um mentia para o outro. Entretanto, seu amor não ia para frente nem para trás.

As coisas continuaram deste modo, digamos, por uns dois milhões de anos; assim, Cher Na e Ja Vali, cada um por sua conta, decidiram pedir ajuda a uma certa família Dor, gente despreocupada e ociosa que, justamente por estar sempre desocupada, podia se encarregar de atividades desse tipo. O pai se chamava Bebe Dor, a mãe, Come Dora, os filhos, Caça Dor e Pesca Dor. Parece que o avô se chamava Cultiva Dor e a avó, Ordenha Dora, mas não se tem certeza. Era uma família famosa por sua estupidez: basta dizer que, mesmo tendo quatro patas como todos os animais, insistiam em andar só com duas e não sabiam o que fazer com as outras duas.

Em resumo, Cher Na foi à casa de Caça Dor e lhe disse:

— Amo Ja Vali, mas ele não quer juntar-se a mim no fundo do mar. Veja se encontra um jeito de pegá-lo e convencê-lo a morar comigo.

E Ja Vali disse a Pesca Dor:

— Amo Cher Na, mas ela se recusa a se tornar minha esposa. Veja se consegue sequestrá-la e trazê-la para minha caverna.

Caça Dor e Pesca Dor disseram que iam pensar no caso, mas, como eram muito estúpidos, só a pensar levaram um bilhão de anos. No final, contudo, conseguiram fabricar dois instrumentos que podiam servir para aquela situação: Caça Dor, uma armadilha; Pesca Dor, uma rede.

Caça Dor escondeu a armadilha num arbusto por onde Ja Vali passava todo dia para ir à praia; por sua vez, Pesca Dor lançou a rede no ponto exato da baía em que sabia que Cher Na iria emergir. E, assim, Ja Vali caiu na armadilha e lá ficou, puxando a pata sem conseguir libertar-se; e Cher Na foi enrolada na rede e arrastada a seco para a praia, não obstante os seus estrilos impotentes. Aí chegou a hora da verdade para os dois enamorados mentirosos: Cher Na teve de admitir que não tinha pés; Ja Vali, que não sabia nadar. Foi uma cena lamentável. Cher Na disse a Ja Vali:

— Mentiroso, não apareça mais na minha frente.

Ja Vali disse a Cher Na:

— Mentirosa, não quero mais ver você.

Depois, Cher Na mergulhou no mar e Ja Vali galopou para esconder-se na floresta. O amor deles havia acabado.

Histórias da Pré-História

E a armadilha e a rede?, hão de perguntar vocês. Os dois irmãos, Caça Dor e Pesca Dor, não sabendo que destino lhes dar, visto que Cher Na e Ja Vali não precisavam mais delas, puseram as duas peças no sótão e não pensaram mais sobre isso. Porém, com o passar do tempo, embora fossem, como já disse, estúpidos a mais não poder, pensaram que, na pior das hipóteses, até podiam utilizar suas invenções para aquilo que hoje se chama caça e pesca.

Passaram-se ainda não sei quantos milhões de anos e eis que, certa manhã, Cher Na e Ja Vali encontraram-se um ao lado do outro sobre a mesa da família Dor: Cher Na numa bandeja comprida, fervida, com acompanhamento de batatas e cenouras, um limão na boca. Ja Vali numa vasilha redonda, assado no forno a lenha, cercado de castanhas e marmelada de mirtilo. Então Ja Vali disse a meia-voz para Cher Na:

— Melhor calados — que cozidos ou assados.

E Cher Na, por seu lado, respondeu:

— Melhor amar à distância — que pagar pela arrogância.

Desde então data o provérbio: "Ao caçador e ao pescador não façam saber quanto são saborosos a cherna e o javaler". Javaler está no lugar de javali, caso contrário não dava para fazer a rima.

COMO CAMA LEOA
SE TORNOU VERDE, LILÁS, AZUL...

Nos tempos dos tempos, uma certa Cama Leoa apaixonou-se por um tal de Porco Espinho. Mas para amar-se é preciso que sejam dois. Ora, Cama Leoa certamente amava Porco Espinho; mas este, com igual certeza, não amava Cama Leoa. A coitada da Cama, assim que via Porco caminhando pacificamente por um prado, comendo os cardos selvagens, apressava o passo, e o que encontrava? Entre os cardos cheios de espinhos, uma bola também ela dura de espinhos. Cama, que enlouquecia por aquela bola, então soluçava:

— Porco, meu lindo, relaxe, abra-se, comunique-se. Peço-lhe, suplico-lhe, comunique-se, relaxe, abra-se.

Pois sim, energia desperdiçada. Porco Espinho, que tinha medo do casamento, não respondia e sequer deixava de se fazer de bola. Aí a pobre Cama ia embora desconsolada, dizendo para si mesma:

— Tantos espinhos e nenhuma coragem!

Vai não vai, acabou que Cama Leoa, decidida a romper a barreira do Porco Espinho, foi procurar O. Ráculo,

Histórias da Pré-História

um bruxo velho e caduco, muito irascível e de poucas palavras, que vivia no fundo de um bosque, dentro de uma gruta.

O. Ráculo, ouvindo o caso, disse logo, com seu vozeirão cavernoso:

— Cama, Cama, te ama, não te ama.

Cama Leoa perguntou:

— O que significa?

E O. Ráculo:

— Da margarida arranque as pétalas, do Porco Espinho arranque os espinhos.

Resumindo, o remédio sugerido pelo O. Ráculo era o seguinte: aproximar-se de Porco Espinho no momento em que se fazia de bola e, como se faz com as pétalas da margarida, arrancar-lhe pouco a pouco os espinhos, repetindo: "Me ama, não me ama, me ama, não me ama". Os espinhos, com aquele estribilho, sairiam com facilidade, igual às pétalas da margarida. E Porco Espinho não poderia mais bancar a bola. O. Ráculo concluiu:

— Porém, cuidado, porque depois não terá mais espinhos!

E Cama Leoa, dando de ombros:

— E daí? Não gosto dele por causa dos espinhos.

Dito e feito. Porco Espinho vai almoçar; Cama Leoa se atira; Porco Espinho se faz de bola; Cama Leoa começa a arrancar-lhe os espinhos repetindo: "Me ama, não me ama". Os espinhos, diante daquelas palavras, saem com a maior facilidade.

"Me ama, não me ama"; no final, eis um Porco Espinho totalmente sem acúleos, nu feito um verme em forma de bola. Então, ao ver aquela bola macia cor de rosa-chá, Cama Leoa gritou:

— Mas não é ele, não é mais ele; devia ter me avisado, O. Ráculo, que o amava porque tinha espinhos, não é mais ele e não o amo mais!

O. Ráculo disse com severidade:

— Sob os espinhos, havia o verme. Não sabia disso? Agora, ame o seu verme e me deixe em paz.

E Cama Leoa:

— Ai de mim, entendi tarde demais que na realidade o amava porque possuía espinhos.

Então O. Ráculo perguntou:

— Afinal, você quer casar com o seu Porco sem espinhos, sim ou não?

— De jeito nenhum.

Furioso, O. Ráculo gritou:

— Então irei puni-la. Daqui em diante, onde quer que você encoste, vai assumir a cor da coisa na qual encostou, para que todos saibam que você é volúvel, muda de ideia facilmente e não é capaz de amar ninguém porque, com esse seu jeitinho, pode amar a todos.

Dizendo isso, tomou impulso e deu um pontapé no

traseiro de Cama Leoa, atirando-a para o alto. Pois bem, tinha chovido e havia um magnífico arco-íris que ia de um lado a outro do horizonte e Cama Leoa, lançada até o arco-íris, tornou-se pouco a pouco, conforme dissera O. Ráculo, vermelha, verde, azul-celeste, amarela, azul-escura, lilás, branca, marrom e assim por diante. Depois foi cair num ramo de mimosas e ficou verde com bolinhas amarelas; da mimosa, foi catapultada para uma roseira e se fez vermelho-fogo; da roseira, aterrissou num canteiro de amores-perfeitos e ei-la violeta, com várias pinceladas de ouro.

Desde então, Porco Espinho se tornou Porco mas sem espinhos, ou seja, o nosso comum leitãozinho. Mas os seus irmãos porcos-espinhos possuem acúleos e viram bola.

Quanto ao camaleão, parabéns a quem o descobre; porque assume a cor da coisa sobre a qual está pousado e, por assim dizer, se torna invisível. Por exemplo, poderia ter pousado sobre seus cabelos e adquirido suas cores e você nem se dá conta, pois não o vê. A propósito, de que cor são os seus cabelos? Louros? Negros? Castanhos? Ruivos?

Alberto Moravia

VAI TER CONFUSÃO
SE PAIH-EH-THER-NOH ACORDAR

Nos tempos do alguém que não era ninguém, quero dizer, antes da história, ou seja, na pré-história, o mundo andava todo errado. Um certo Paih-eh-ther-noh (é um nome estranho, não se sabe o que significa, está provado que não era de nossa terra, quem sabe de onde viria), especialista em mundos e universos, tinha feito o nosso mundo em sete dias, e embora não fosse nenhum rapazote (há quem diga que já tinha criado três bilhões de mundos, outros dizem cinco), havia errado tudo, de cabo a rabo.

Imaginem que só havia pouquíssima terra, somente algumas ilhotas, e todo o restante era mar e, assim sendo, os animais estavam amontoados uns por cima dos outros como em um ônibus nas horas de pico. Imaginem que sobre essas ilhotas chovia sempre e quando não chovia, nevava, e quando não nevava, fazia mau tempo. Imaginem por fim que aquela pouca terra só fazia tremer e sacudir por causa dos terremotos contínuos, e aquele excesso de mar estava sempre em tormenta, com ondas altas feito casas. Nem vamos falar do céu: nuvens,

Histórias da Pré-História

relâmpagos, trovões, nunca um dia de sol, jamais um retalho de azul. De fato, desde então se diz:

> *Vocês sabem*
> *as novidades deste porto?*
> *Ou chove ou venta*
> *ou dobra o sino pelo morto!*

Mas onde Paih-eh-ther-noh tinha errado tudo, mas tudo mesmo — seja porque não tivesse as ideias muito claras, seja porque, com tantas coisas pra fazer, tivesse deixado pra lá —, tinha sido com os animais. Embora sobre as ilhotas, em que então consistia a terra, houvesse pouquíssimo espaço, fizera todos colossais, gigantescos, desmesurados. Só para dar um exemplo, Pi Olho, que hoje, como todos sabem, é minúsculo, tanto que pode acontecer de a gente ter uns vinte entre os cabelos e nem perceber, bom, eu dizia que Pi Olho, nessa época, era tão grande, mas tão grande, que num dia daqueles foi até confundido com uma das tantas ilhotas flageladas pela chuva e pelo vento, e não foram poucos os animais que ali se refugiaram por algum tempo, até que Pi Olho, aborrecido, alertou a todos:

— Não sou uma ilha. Sou Pi Olho. Portanto, vão saindo e me deixem em paz.

Se Pi Olho era tão grande, imaginem o que podiam ser Ele Fante, Ba Leia, Croco Dilo, Pí Ton e tantos outros que ainda hoje são animais famosos por seu tamanho. Mas o incômodo de serem tão volumosos era de longe superado pelo fato de serem errados. A todos faltava alguma coisa e, vejam bem, o que faltava era sempre a parte mais importante. Dro Medário não tinha corcova, Ele Fante não tinha tromba, Gi Rafa não tinha pescoço, Ce Gonha tinha patas de passarinho, Bur Ro quase não tinha orelhas, Ra Posa era cotó e ao Rino Ceronte faltava o chifre.

Naturalmente, os animais andavam muito descontentes, e se não estivessem sob o controle do vozeirão, da manopla e dos olhos ciclópicos de Paih-eh-ther-noh, razão pela qual todos diante dele ficavam quietinhos, com o rabo entre as pernas (exceto aqueles aos quais Paih-eh-ther-noh, com sua pressa habitual, tinha esquecido de acrescentá-lo), diria a vocês que teriam feito a revolução. Mas se vingavam com as frases de espírito e os jogos de palavras. Eis alguns:

Fez um mundo
do outro mundo
não é redondo
sequer redondo
este seu mundo
do outro mundo.

Ou então (dizem que este epigrama seja obra de um certo Ca Valo):

Que me importa o sol
a lua
e as estrelas!
Só quero
uma cauda
para espantar
as moscas.

Ou então, ainda mais ferino:

Tira do forno um universo
a cada dia
e um mundo
por segundo.
Quanta pressa!
Não sabe
que a gata apressada
pariu
gatinhos cegos?

Agora, vocês vão querer saber se Paih-eh-ther-noh se dava conta de ter errado tudo. Diria que sabia e não sabia. Ou melhor, no fundo, sabia. Mas como tinha muito amor-próprio, não queria admiti-lo. E depois tinha muito o que fazer. Criava um mundo, se não a cada segundo, em poucas horas. Tinha mais em que pensar do que na tromba do Ele Fante ou na corcova do Dro Medário.

Mas o epigrama da gata apressada lhe provocou uma fúria enorme. Estava criando um de seus tantos mundos, mais precisamente, Saturno. Queria fazer uma bola com vários anéis ao redor. A bola girava para um lado, os anéis para o outro. Era um mundo-pião; e Paih-eh-ther-noh pensava em pôr nele também alguma música. Já tinha feito um primeiro anel, ouviu subir da Terra aquele epigrama, enfureceu-se, pegou Saturno do jeito que estava e o lançou no céu onde ainda hoje se encontra, sem música e com um único anel. Depois, virou-se para a Terra e berrou:

— Chega desses epigramas. Agora, vou me ocupar de vocês. Mas deverão ter paciência, muita paciência. Fiz o mundo em sete dias e, ao que parece, cometi erros. Agora, vou corrigir meus erros. Mas aviso a todos que será uma coisa demorada porque vocês são muitos e, desta vez, não quero ter pressa. Será necessário, digamos, um bilhão e meio de anos. Estamos de acordo?

Os animais responderam que estavam de acordo e

assim se formou uma fila interminável, que dava uma volta na Terra, de um polo a outro. Paih-eh-ther-noh estava sentado num lugar quente, no Equador, e, quando chegava a vez de um animal, ele perguntava, examinava o caso, pensava com calma. Tinha ao seu lado um grande quadro-negro, com giz e apagador; tentando desenhar o animal como ele próprio gostaria de ser, apagava, corrigia, discutia... Enfim, tudo com muita calma. A questão é que desta vez não queria errar, não mesmo.

Em compensação, as coisas demoraram; para os animais era um verdadeiro cansaço. Imaginem, para chegar a entender que Ele Fante devia ter a tromba muito comprida, as orelhas imensas e os olhos bem pequenos, Paih-eh-ther-noh gastou precisamente trezentos anos. E só não levou mais outros duzentos e tantos porque se recusou a satisfazer Ele Fante quanto à cor da pele. Ele preferia algo original, por exemplo, vermelho com florzinhas azuis. Mas depois de várias tentativas e arrependimentos, Paih-eh-ther-noh decidiu:

— Você vai ser cinzento e nada de florzinhas, ponto final. Quem manda aqui? Eu ou vocês?

Porém, no final, todos conseguiram mais ou menos o que desejavam. Gi Rafa, o pescoço muito comprido; Bur Ro, as orelhas grandes; Ra Posa, a cauda longa; Tarta Ruga, a carapaça; Bú Falo, os chifres; Dro Medário, a corcova; Ti Gre, o pelo com listras; Can Guru, a barriga com bolsa para fazer compras, e assim por diante. Alguns animais apareciam com pretensões extravagantes, como aquela da pele vermelha com florzinhas azuis, mas Paih--eh-ther-noh nem ouvia mais ninguém.

— Quem manda aqui, eu ou vocês? — berrava.

E eles logo silenciavam.

Paih-eh-ther-noh reduziu todos proporcionalmente: os gigantes se tornaram médios e os médios, pequenos. Muito brilhante foi a solução dada ao problema da grandeza desmesurada de Pi Olho. Depois de ter pensado bastante sobre o assunto, Paih-eh-ther-noh, de repente, agarrou Pi Olho com as duas mãos e o atirou com violência no chão, transformando o bicho em milhares de fragmentos minúsculos. Cada um desses fragmentos é hoje um Pi Olho comum. Quem já teve algum na cabeça sabe quanto é pequeno.

Já havia passado o bilhão e meio de anos previsto por Paih-eh-ther-noh; os animais já não estavam por ali; contentes e felizes, tinham voltado para a floresta, para o mar, para a montanha, para a planície. Morto de cansaço, Paih-eh-ther-noh esticou os braços, bocejou, disse a si mesmo:

— Agora, quem veio, veio. Vou dormir e um milhãozinho de anos de sono ninguém me tira.

Acontece que, naquele exato instante, chegou Sí Mio, um animal bizarro que passava a maior parte do tempo pulando de galho em galho e tinha entrado na fila só por espírito de imitação. Gritou o Sí Mio:

— E comigo, não faz nada? Não muda nada? Tem certeza de que, comigo, não errou nada como com os outros?

Paih-eh-ther-noh, já dissemos, estava muito cansado. Coçou a cabeça um instante e depois disse:

— Para mim, está bom assim. Mas não quero ser injusto. Diga o que quer e verei se dá para satisfazer você.

Sí Mio respondeu:

— Não sei o que quero. Sinto um desconforto, uma insatisfação, uma inquietude, isso sim. Mas não sei o que desejo!

Paih-eh-ther-noh disse:

— Desconforto, insatisfação, inquietude, o que é isso? O que significa? Peça algo claro, preciso, como todos os outros! Quer um rabo mais comprido, chifres, orelhas maiores? Se quer alguma mudança, é para dizer! Mas não me venha falar de inquietude, pois significa que não sabe o que quer.

Sí Mio respondeu:

— Todavia é assim, exatamente assim: estou inquieto mas não quero nada de específico. Ou melhor, gostaria de uma coisa.

Paih-eh-ther-noh disse:

— Estou ouvindo.

Sí Mio explicou:

— Pois bem, gostaria de trocar de nome. Sí Mio não me agrada.

— E como gostaria de se chamar?

— Gostaria de me chamar Hoh Mehm.

— Hoh Mehm? O que significa? Por quê?

— Porque tenho certeza de que, mudando de nome, eu também me transformo. A minha inquietude vem do fato de sentir que, com o nome de Hoh Mehm, eu poderia melhorar, progredir, tornar-me mais inteligente, mais capaz, mais eficiente.

Paih-eh-therh-noh morria de sono. Exclamou:

— Está bem, como preferir: doravante você não se chamará mais Sí Mio e sim... como disse?

— Hoh Mehm.

— Hoh Mehm. E melhore quanto quiser. Não vejo nada de mau em melhorar. Mas agora, lamento, vou dormir. Então nos vemos quando eu acordar. Digamos, dentro de meio milhão de anos. Tchau e boa melhoria.

E assim Paih-eh-ther-noh foi dormir e deixou Sí Mio senhor do terreno. Sí Mio, mesmo descontente, inquieto, insatisfeito, exigiu ser chamado de Hoh Mehm, e com este nome aprontou confusões infinitas. Ultimamente, entre outras coisas, empenhou-se em destruir aquele famoso mundo criado por Paih-eh-ther-noh em sete dias e, com certeza, logo, logo, vai reduzi-lo a um monte de ruínas. É sabido que os símios são despeitados, agitados, quebram tudo, sujam tudo, destroem tudo. Entretanto, Paih-eh-ther-noh dorme. Se acordasse, talvez pudesse deter Sí Mio, evitar o desastre. Mas não há nada a fazer, deve dormir meio milhão de anos e assim será. No fim, vai acordar, observará o mundo, e, vendo-o reduzido a um chiqueiro, vai pôr as mãos nos cabelos e gritar:

— Que horror! O que foi que houve?

Mortificado, desgostoso, Sí Mio, ou melhor, Hoh Mehm responderá:

— Não sei. Sentia-me inquieto, descontente, tentei mudar o mundo para melhor, acontece que alguma coisa não funcionou.

Paih-eh-ther-noh não se perderá em conversa fiada. Vai pegar o mundo, dar-lhe um pontapé e mandá-lo para bem longe. Depois dirá:

— Vou refazer o mundo, tal e qual, mas sem macacos. Será o mundo mais bonito dentre todos aqueles que criei. E dessa vez os animais poderão satisfazer todos os seus caprichos, incluindo a pele vermelha com florzinhas azuis de Ele Fante! Mas o nome, não. O nome não se muda. Uma vez Ele Fante, Ele Fante para sempre.

UNICÓRNIO E RINO CERONTE

No tempo dos tempos, o mundo era apenas uma única planície interminável, povoada somente por tartarugas. Viam-se, nessa planície, tartarugas que estavam paradas ou caminhavam, se reuniam ou andavam por conta própria; mas não passavam de tartarugas. Resumindo, era um mundo muito aborrecido, seja porque achatado e uniforme, seja porque povoado por tartarugas, que, dentre todos os animais da criação, são certamente os menos vivazes. Como é o caráter da tartaruga? É um caráter sobretudo *prudente*. De fato, quando a tartaruga vê alguma coisa que não lhe agrada, não se dá ao trabalho de olhar com a devida atenção; logo, sem pensar muito, enfia a cabeça na carapaça e — quem conseguiu ver, viu — não a retira mais até ficar segura de que o objeto em questão se tenha demonstrado inofensivo por causa da imobilidade inanimada. Enfim, a tartaruga não tenta compreender. Retira-se em seu casco e espera, teimosa e obtusa, até que *tudo tenha terminado*.

Num daqueles séculos (então se dizia assim, em vez de dizer: num daqueles dias, pois um século, naqueles

Histórias da Pré-História   157

tempos, durava tanto quanto um dia), num daqueles séculos, ingressou nesse mundo de tartarugas um certo Rino Ceronte, que, afinal, não era outro senão o animal conhecido com o nome de unicórnio, ou seja, um graciosíssimo, agilíssimo, agitadíssimo cavalinho dotado de um belíssimo chifre na testa, longo e pontudo, branco feito a neve. Rino Ceronte era o que hoje se chamaria de um protótipo. Deus tinha se cansado do mundo povoado só de tartarugas. Queria experimentar algo de novo e de diferente. Assim, o unicórnio era uma experiência. Caso desse certo, Deus trataria de multiplicá-lo. Caso contrário, pensaria em outra coisa.

Rino Ceronte, embora fosse o único de sua espécie entre milhões de tartarugas, não desanimou. Ágil, esperto, enérgico e brincalhão, logo encontrou prados cheios de capim onde pastar, riachos límpidos onde matar a sede, uma bela gruta onde dormir. No restante do tempo, Rino Ceronte se dedicava a brincar. Com que brincava Rino Ceronte? Com flores, pedras, água, poeira, enfim, o que lhe aparecesse pela frente; mas sobretudo com as tartarugas.

Como Rino Ceronte brincava com as tartarugas? Numa palavra: aprontava com todas elas. Ora virava algumas de ponta-cabeça e as deixava debatendo-se; ora encostava nelas o seu chifre e a tartaruga retraía a cabeça na carapaça, ou então mexia no rabo delas e, rápido, rabo pra dentro. E depois se divertia pulando em volta delas, saltitando e dando cambalhotas: em geral, a tartaruga não tentava compreender, imobilizava-se sob sua carapaça e assim, reduzida a uma espécie de excrescência oval, era capaz de ficar parada, com a cabeça e o rabo enterrados, até dois ou três séculos seguidos.

Rino Ceronte se divertia. E Deus já começava a pensar que a experiência tinha sido bem-sucedida; e que lhe convinha substituir gradualmente as tartarugas pelos unicórnios. Para estragar tudo, eis que intervém Ser Pente, criatura insinuante e invejosa, inimiga de qualquer novidade, ainda mais prudente, se possível, que as próprias tartarugas. Ser Pente aproximou-se rastejando de Rino Ceronte e lhe disse com voz falsamente afetuosa:

— Rino, escuta, sou sua amiga e queria dar-lhe um bom conselho.

Rino Ceronte estava dormindo. Acordou, olhou ao redor, não viu ninguém, preparou-se para voltar a dormir. Mas Ser Pente gritou:

— Estou aqui, no seu chifre.

E aí, Rino Ceronte, com o risco de ficar estrábico, viu que, de fato, Ser Pente tinha se enroscado em volta de seu chifre. Disse Rino Ceronte:

— Pra falar a verdade, seria melhor não aceitar conselhos de desconhecidos.

— Mas eu — exclamou Ser Pente — conheço você muito bem, faz tempo que estou de olho em você. E lhe digo: Rino, fique atento.

— Atento?

— Sim, preste atenção. Já ouviu o que dizem as tartarugas, quando, irresponsável que é, você fica rondando em volta delas?

— Não.

— Eis alguns exemplos: cretino, mal-educado, desgraçado, grosso, idiota, vadio, velhaco *et cetera et cetera*.

— O que significa: *et cetera*? — perguntou preocupado Rino Ceronte.

— Quer dizer que insultam você com frequência, mas que não é preciso listar todas as ofensas, bastam aquelas que já citei.

— Entendi. E então, o que acontece?

— Acontece que um lindo dia, se continuar nesse

passo, você vai acabar completamente isolado. E esse há de ser um dia triste.

— Mas já estou isolado, não? Sou o único de minha espécie.

— Sim, você é, mas ainda não se deu conta. No dia em que a gente percebe, sabe o que acontece?

— Não.

— A gente descobre que é diferente. E quando se descobre isso, não há mais escapatória: a gente se envergonha de ser diferente, a gente quer ser igual aos outros.

Rino Ceronte se coçou de lado com o chifre, bastante perplexo. Por fim perguntou:

— Mas quem são os outros?

— Óbvio: as tartarugas.

— E daí?

— E daí que, para evitar sentir-se diferente, que é coisa realmente terrível, pois estamos no mundo não para ser diferentes, mas para ser iguais a todos os outros; para evitar, digo, ser diferente, só lhe resta virar, se não exatamente uma tartaruga, pelo menos um animal não muito diferente de uma tartaruga.

— E como se faz?

— Oh, quanto a isso, é facílimo: basta ir pedir a Deus nos dias de audiência. Ele imediatamente faz com que você se transforme no que desejar.

Era verdade: naqueles séculos, Deus dava audiên-

Histórias da Pré-História 161

cia todas as quintas, das oito ao meio-dia, e quem quer que tivesse alguma queixa para apresentar, algum desejo para exprimir, era logo recebido. Deus concedia a audiência no fundo de um bosquezinho, junto de uma fonte. Ser Pente acrescentou, depois de um instante:

— Eu, por exemplo, você nem vai acreditar, era muito diferente do que sou agora. Era uma centopeia. O trabalhão que dava toda noite ter de tirar cem pares de sapatos. Era de matar. Fui a uma audiência, pedi para deixar de ter pés, nem um sequer, e Deus logo me atendeu.

— Sim — disse Rino Ceronte —, mas agora você rasteja, isso também não é lá tão agradável.

Ser Pente mudou rápido de conversa:

— Amanhã é quinta-feira. Eu o acompanho, ajudo você a expor a Deus o seu desejo, Ele o atende e não se fala mais nisso.

Bom, no dia seguinte, Ser Pente e Rino Ceronte se apresentaram na audiência, que estava muito cheia, naturalmente de tartarugas. Deus estava debaixo de uma árvore, comodamente sentado, tinha nos joelhos um calhamaço e, à medida que examinava as várias súplicas e recomendações, mandava chamar quem as tinha apresentado. Após um grande número de tartarugas, às quais não agradava isso ou aquilo (a tartaruga possui um caráter muito, mas muito resmungão e descontente), eis

162   Alberto Moravia

que chegou a vez de Rino Ceronte. Como ele era tímido, foi Ser Pente quem falou em seu lugar:

— Eis Rino Ceronte. Vivemos, como é sabido, num mundo de tartarugas, e ele, num mundo desses, sente-se, para dizer o mínimo, fora de lugar. De que lhe adianta ser ágil, esperto, flexível, delgado? Só para ser malvisto, incomodar sem querer, ser considerado um importuno. Assim, Rino Ceronte, em resumo, gostaria de ser um pouco mais parecido com os outros, quero dizer, com as tartarugas. Não exatamente uma tartaruga, mas algo não muito diferente.

Deus observou:

— Mas se está ótimo desse jeito! Era um caso em que me parecia ter feito um trabalhinho maneiro, vocês vêm reclamar. Entre outras coisas, a ideia daquele único chifre no meio da testa me parecia um grande achado.

Ser Pente apressou-se em dizer:

— O chifre não deve ser abolido; é só torná-lo mais maciço. E assim todo o restante.

Deus disse, virado para Rino Ceronte:

— Considere que só se tem direito a uma modificação. Depois, o que mudou, mudou: não se troca mais, nunca mais. Aceita, então?

Rino Ceronte olhou para Ser Pente; esta acenou com a cabeça; e Rino Ceronte disse com um fio de voz:

— Sim, aceito.

Então Deus mandou uma febre a Rino Ceronte que o obrigasse a ficar de cama em sua gruta por uma semana inteira. Durante esses sete dias, o corpo de Rino Ceronte se tornou pesado e maciço, suas pernas encurtaram e engrossaram, a pele sutil e lúcida se transformou numa couraça composta de muitas placas de couro opaco e áspero soldadas, o chifre se fez tosco e curto, os olhos, pequenos e espremidos entre rugas. Claro que saltitar e correr estavam foram de questão. Rino Ceronte, além do mais, ficava parado no meio de um descampado, como que paralisado pelo peso de seu corpanzil desengonçado e coberto por couraças. Mas o pior é que essa sua metamorfose não obteve a menor simpatia das tartarugas, que inclusive a tinham provocado com suas queixas e hostilidades. Eis alguns comentários:

— Como é feio.

— Mas o que lhe aconteceu?

— Mas o que o levou a fazer isso?

— Que horror!

— Dá para imaginar algo mais sem graça?

Et cetera et cetera.

Rino Ceronte agora estava zangado com Ser Pente, que o tinha persuadido a transformar-se. Assim, começou a procurá-la: queria dizer-lhe umas poucas e boas. Mas Ser Pente não se deixou encontrar. Criara problemas para Rino Ceronte por inveja daquela sua extraordinária agilidade e beleza. E agora, feito o mal, voltara a se esconder debaixo da terra, em sua velha moradia. Como se isso não bastasse, eis que, de repente, o mundo das tartarugas foi invadido por um número incrível de cavalos.

Histórias da Pré-História

Deus havia repensado e sentira vontade de repetir a experiência do unicórnio, todavia com algumas diferenças. Esses milhões e milhões de cavalos, todos agilíssimos, muito delgados e elegantes, saltavam de todos os cantos, corriam daqui para lá, não ficavam parados um instante. E, no meio deles, Rino Ceronte, com sua enorme armadura de couro, seu corpo grosseiro e seus pequenos olhos redondos de galinha, era uma amostra viva do arrependimento, do desconforto e da nostalgia.

Doravante, quando virem lá longe, em uma savana da África, o rinoceronte enorme e imóvel, com seu chifre entre os olhos, saibam que pensa nos dias em que se chamava Rino Ceronte e era ágil e rápido. Lembra daquilo e chora com a cabeça inclinada. Suas lágrimas, em contato com o ar, imediatamente se tornam pedras. Tudo é pesado no rinoceronte, até as lágrimas!

O SALTO DO DINO SAURO

Dino Sauro, chamado pelos puxa-sacos de rei dos pântanos, só tinha um defeito: era vaidoso e, justamente por isso, muito sensível às adulações. Era tão vaidoso que, quando não havia ninguém por ali pronto para bajulá-lo, Dino Sauro acabava bajulando a si próprio. Certo dia em que estava sozinho e sentia falta de algum grande elogio, não resistiu à tentação, emergiu do pântano onde em geral ficava submerso e, erguendo-se com toda a sua estatura num gesto de desafio, gritou para os ares, como que berrando para si mesmo:

— Tenho trinta e cinco metros de comprimento, peso

Histórias da Pré-História

dez toneladas. Quem, no mundo, é maior, mais pesado, mais potente do que eu?

Tais palavras foram ouvidas por uma tal de Pulga Pulgos, que andava escondida entre os troncos de uma floresta que não era outra coisa senão os pelos crescidos na narina direita de Dino Sauro. Pulga Pulgos saiu de sua floresta, com dois saltos chegou à ponta do nariz de Dino Sauro e então gritou com toda a voz que tinha no corpo:

— Você pode ser o maior, o mais pesado, o mais poderoso, não discuto. Mas eu, em compensação, salto mais que você.

Dino Sauro, que não podia ver Pulga Pulgos, pois ela estava sobre o seu nariz, perguntou irritado:

— Eu, quem?

— Eu, Pulga Pulgos.

— E quem é Pulga Pulgos?

— É um parasita seu e vive geralmente entre os pelos de sua narina direita. Mas agora, para conversar com você, dignou-se vir até a ponta de seu nariz.

Dino Sauro tentou olhar para a ponta do nariz, com o único resultado de quase ficar estrábico. Depois disse:

— Não vejo nenhum pa... pa...

— Parasita. Sou eu quem o desafia, sou o menor animal da criação, mas apesar disso salto mais que você.

Dino Sauro, furioso, protestou:

— Mas eu não salto nada. Por que haveria de saltar?

— Porque saltar é preciso.

— Quem disse isso?

— Ninguém disse. Devemos saltar: ponto final. E eu, caro Dino, salto muito, mas muito mais que você.

Dino Sauro calou-se, pensativo. Depois perguntou:

— Ao menos dá para saber quanto você salta?

Pulgas Pulgos respondeu:

— Salto cem vezes a minha altura.

Dessa vez, Dino Sauro ficou quieto vários minutos; aplicava toda a sua escassa inteligência no seguinte problema: ele tinha trinta metros de altura, se saltasse cem vezes isso, quanto saltaria? Dino Sauro, pelo cansaço de pensar, exercício insólito para ele, estava a ponto de desmaiar. Porém, no final, bronqueou:

— Com a minha estatura, eu, se saltar, saltarei três mil metros. Ora, você é tão miudinha que nem consigo vê-la. Portanto, quanto é capaz de saltar? Eu diria uma dezena de centímetros. E agora, me diga: o que são dez centímetros diante de três mil metros? Coisa nenhuma, ninharia, bagatela.

— Você até pode saltar — disse Pulga Pulgos —, mas na realidade, ao menos por ora, não salta nadica de nada. E então o que é o nada diante de dez centímetros? Coisa nenhuma, ninharia, bagatela.

Dino Sauro deu de ombros:

— E por que deveria saltar? — tornou a repetir irri-

Histórias da Pré-História

tado. — Me basta saber que, se saltasse, daria um salto de três mil metros. Alguém como eu não salta. Fica contente de saber que, caso quisesse, poderia saltar.

— Lorotas — disse então Pulga Pulgos. — A verdade é que você tem medo de saltar.

Desta vez, Dino Sauro se enfureceu para valer.

— Está bem — gritou. — Então saltarei. Sim, saltarei e lhe mostrarei que meu salto supera o seu em milhares de metros.

Assim dizendo, firmou as duas enormes patas posteriores no fundo do pântano, dobrou os joelhos, emitiu um barrido de combate... e saltou. Porém, dada a sua corpulência, saltou apenas meio metro, talvez só trinta centímetros, caindo quase imediatamente com o traseiro direto na lama. A água do pântano subiu ao céu e depois lhe veio por cima com um barulho de catarata. Quando a água acalmou, todos puderam ver Dino Sauro morto no meio do pântano. Batera o traseiro colossal no fundo e se quebrara em duas partes feito uma melancia madura.

Data de então o provérbio que diz: "Melhor ser pulga hoje do que dinossauro amanhã", e também: "Sauro Dino, cérebro grande e traseiro fino". E Pulga Pulgos? Bom, Pulga Pulgos deu um salto para fora da narina de Dino Sauro e foi aportar na narina descomunal de Ele Fante. Mas essa já é uma outra história.

OS CHIFRES DE CA MELO

Cer Vo era um animal amargurado e mortificado por seu aspecto comum, ou melhor, vulgar. O que distinguia Cer Vo de outros animais providos de quatro patas e uma cauda? Nada, realmente nada, nem a cor, o marronzinho costumeiro do tipo burro quando foge.

Acontece que, certo dia, foi anunciado o grande baile dos animais dotados de chifre. Cer Vo tinha vontade de ir, mas, ai de nós, era um animal tão comum, tão comum a ponto de não ter sequer um chifre ou dois em algum lugar da cabeça. Enfim, se não fosse seu tamanho, Cer Vo poderia facilmente ser confundido com uma vulga-ríssima ovelha.

Ora, é preciso saber que naqueles tempos Ca Melo, animal ainda hoje cheio de originalidade, dispunha de dois magníficos cornos com vários níveis e ramificações em diferentes sentidos.

Ca Melo não tinha intenção de ir ao baile dos ani-mais dotados de chifre porque tinha pegado uma corren-te de ar na corcova anterior. Cer Vo foi procurá-lo e lhe disse sem a menor cerimônia:

— Gostaria muito de ir a esse baile dos animais dotados de chifres; mas infelizmente não tenho nenhum. Empreste-me seus chifres até amanhã. Logo cedo, virei devolvê-los, palavra de ruminante.

Ca Melo era uma daquelas criaturas que, para não dar prazer a outro, preferiam causar desprazer a si mesmas. Assim, respondeu seco:

— Nem sonhando. Preciso dos chifres e não os empresto.

— Então alugue. Em troca lhe dou um feixe de feno de primeira qualidade.

Alberto Moravia

— Tenha paciência! E quem sou eu? Um alugador de chifres?

— Mas se você não vai à festa, de que lhe servem?

— Coço a pança com eles. E garanto que sinto o maior prazer.

— Por que não coça a pança com o casco e me empresta os chifres?

— De jeito nenhum, chifres não se emprestam. Só me faltava essa. Cada um conserva o que tem. E quem não tem deve ficar sem.

A essa altura, Cer Vo entendeu que com o ataque, digamos assim, frontal, não ia chegar lá. E pensou em contornar o obstáculo. Sabia que Ca Melo era de uma vaidade só igualada por seu egoísmo e assim respondeu:

— Mas você não precisa dos chifres, porque já é, saiba você ou não, o animal mais original de toda a criação. Você tem duas corcovas, um verdadeiro insulto para o pobre dromedário, que só tem uma; possui pernas delgadas que sustentam uma grande barriga, além das corcovas já mencionadas; tem olhos lânguidos e reflexivos, dotados de cílios tão longos que parecem falsos; tem uma cauda com um franja comprida; tem narinas tão grandes que nelas cabem maçãs de porte médio; tem uma cor de pelo bem conhecida como cor de pelo de camelo. E qual é o animal que se ajoelha e reza ao Senhor antes de erguer-se do chão e iniciar uma longa viagem através do deserto? Mesmo sem chifres, você é o animal mais extraordinário do mundo; enquanto eu, o que sou? Nada, realmente nada, não tenho sequer um par de banalíssimos chifres.

Ca Melo respondeu:

— Sim, é verdade, mas os chifres são necessários à estética de minha cabeça. O que seria de minha cabeça sem chifres, não vê que minha cabeça requer os chifres?

— Haveria muito a dizer — contestou o outro — quanto ao fato de que seus chifres são necessários à estética de sua cabeça. Mas admitamos por um momento que isso seja verdade. Infelizmente, se, por um lado, eles são úteis à estética da cabeça, por outro, são danosos à do corpo. Você não percebe que o peso deles pouco a pouco transformará seu pescoço num "S" ou, se preferir, numa serpente? Pense em como se endireitaria seu pescoço sem o peso dos chifres. Teria um lindo pescoço reto como o do cavalo!

— Mas quem me garante que estaria melhor sem chifres e com o pescoço reto? — respondeu Ca Melo. — Certas coisas devem ser vistas, não dá para imaginar. Pode até acontecer que, sem chifres, me dê conta que fico parecendo com a tartaruga, que é, notoriamente, o animal mais feio do universo.

Cer Vo perguntou, surpreso:

— O que tem a tartaruga a ver com isso?

— Falei por falar.

— Bem, então falo eu, também por falar, que você só tem a ganhar fazendo a experiência. Porque afinal, além de tudo, não é que me dá de presente os chifres, só me empresta.

— E como farei para tê-los de volta?

— Simples, no dia seguinte à festa, irei ao rio, quando você estiver lá bebendo sua água como sempre; e os devolvo tais e quais me foram entregues. Se, por acaso, eu atrasar, me espere: a gente sabe, depois de uma festa, dorme-se até tarde.

Em resumo, tanto fez e disse que Ca Melo, no final, retirou os chifres e os entregou a ele. Cer Vo os colocou logo na cabeça e se mirou no espelho, viu que lhe caíam como uma luva e todo contente correu para a festa. No que diz respeito à festa, vocês podem ter uma boa ideia de como foi se lhes digo que os animais dotados de chifres estavam todos presentes sem exceção. Viam-se chifres de todos os gêneros e tamanhos; porém os mais bonitos de todos eram sem dúvida os de Cer Vo. Tão lindos que, diante daqueles chifres realmente fascinantes, uma certa An Tílope apaixonou-se loucamente por ele. Dançaram juntos todas as danças da primeira até a última, seus chifres se viam de qualquer lugar, acoplados, no bufê e no salão, no jardim e nas saletas, para cima e para baixo pelas escadas, dentro e fora dos quartos da grande mansão em que acontecia o baile. No final, An Tílope disse que, se não se casassem logo, ela se mataria de dor. E Cer Vo, que de resto também estava apaixonado por ela, aceitou com entusiasmo a ideia do casamento. Assim, nem voltaram para casa depois do baile. Esperaram, dançando, que amanhecesse e de lá foram diretamente para a igreja, onde o reverendo Cabrito Montês uniu-os em matrimônio regular.

Os dois foram morar numa linda casa no fundo de um bosque. Mas agora, alguma coisa impedia Cer Vo de ser feliz: o compromisso que havia assumido com Ca Melo de devolver-lhe os chifres quando a festa acabasse. Que fazer? Por um lado, não havia dúvida que havia feito aquela promessa a Ca Melo; por outro, porém, o que diria An Tílope assim que descobrisse que Cer Vo na realidade não tinha chifres, justamente aqueles chifres que tinham contribuído tanto para fazê-la apaixonar-se? Cer Vo pensou bem e no fim decidiu não restituir os chifres ao legítimo proprietário. E assim, Ca Melo ficou sem chifres.

Talvez seja por isso que, quando Ca Melo vai beber no rio, faz isso na maior lentidão, olhando em volta o tempo inteiro: espera sempre que Cer Vo apareça e lhe devolva os chifres.

BALANÇA, ODEIO VOCÊ!

Há um bilhão de anos, numa linda manhã, certo Hipo Pótamo, criatura famosa por sua obesidade, subiu na balança, como era seu costume, para controlar o próprio peso. Vocês precisam saber que, naquela época, os objetos falavam; perderam a voz muito tempo depois, talvez porque o homem se pôs a falar e nunca mais parou. De qualquer modo, após alguns segundos, a balança, toda lisonjeira, gritou:

— Ótimas novidades, Hipo Pótamo! Perdeu meio quilo.

Não acreditando em seus próprios ouvidos, Hipo Pótamo exclamou:

— Não é possível!

— Não é apenas possível: é certo.

— Balança minha, sempre soube que você era a única a me dizer a verdade, deixe que lhe dê um beijo.

— Não se trata de beijos, aqui. Agora que seus esforços começam a ser premiados, trata-se de continuar na linha, com austeridade.

— Tchau, balança, e que você seja abençoada.

Histórias da Pré-História

Contente, feliz da vida, em primeiro lugar, Hipo Pótamo decidiu afrouxar um pouco a rédea de sua severíssima dieta. Sentou-se à mesa, onde a sua afeiçoadíssima governanta Por Cona já tinha preparado a primeira refeição, a qual consistia, que desgraça, de chá, laranjada, duas fatias de pão integral, com uma sombra de manteiga ou de mel, a escolher; e perguntou à mulher:

— Diga-me, Por Cona, não nota nada de diferente em meu físico?

Alberto Moravia

Apanhada de surpresa, Por Cona disse:

— Desculpe, doutor, mas não observei bem o senhor.

— Olhe para mim, por acaso não nota um certo emagrecimento, um refinamento? Perdi meio quilo e alguma coisa deveria dar para notar.

Por Cona entendeu finalmente:

— Mas sim, claro, como não, o senhor emagreceu, até bastante. Pensei logo nisso hoje de manhã, quando o vi: o doutor não é mais o mesmo. O que fez para ficar assim tão magro?

Satisfeito com essa descarada adulação, Hipo Pótamo comandou, peremptório:

— Por Cona, dois ovos com bacon. E ponha três fatias de bacon em cada ovo.

Por Cona não esperou a segunda vez:

— Está certo, para que servem essas dietas? Está certo, dois ovos com bacon.

Hipo Pótamo ainda lhe gritou, enquanto ela corria para a cozinha:

— E não se esqueça de dourar o bacon no ponto justo.

Que maravilha, ovos com bacon, especialmente depois de jejuar por mais de um ano. Que delícia aquele saborzinho de sal, de gordura e de comida defumada em meio ao sabor dominante e inigualável dos ovos! Hipo

Histórias da Pré-História

Pótamo comeu os ovos com bacon e limpou cuidadosamente a frigideira com um único, pequeno pedaço de pão: continuava com medo de engordar.

Por Cona estava em pé a observá-lo e quando o patrão terminou, disse:

— E então, o que vamos fazer para o almoço?

Hipo Pótamo declamou:

— Salmão defumado com torradas, aspargos, costeletas à Villeroy, morangos com chantili, sorvete.

Por Cona arriscou:

— Para ser franca, a dieta devia ser: abobrinha cozida e duas fatias de mussarela. Não lhe parece que há, como diria?, excessiva distância entre a dieta e a refeição que me está pedindo?

Hipo Pótamo gritou:

— Mas emagreci meio quilo, entende? Meio quilo! De qualquer modo, vamos fazer assim: em vez de duas costeletas, prepare só uma.

— Farei duas e o senhor, depois, decide.

Hipo Pótamo recolheu as migalhas de pão que tinham ficado no casaco, comeu-as, pegou o chapéu e saiu.

Meio quilo! Meio quilo: a liberdade, finalmente, a liberdade de comer, que, entre todas as formas de liberdade, é aquela que nos concerne mais direta e privadamente, a única que não entra em choque com a liberdade alheia. O avarento, o luxurioso se isolam para desfrutar do dinheiro, do sexo. Mas o guloso deseja a companhia dos outros gulosos, não come de bom grado se não for acompanhado. Hipo Pótamo, naturalmente, tinha uma namorada, uma tal de Gi Rafa, pessoa delicada, difícil, para não dizer enjoada, que tinha posto como condição para o casamento que Hipo Pótamo perdesse ao menos meia tonelada.

— Que casal ridículo seremos — costumava dizer —, eu alta, altíssima, toda pescoço e pernas e patas e você baixo, baixíssimo, todo pança e cabeça?

E, naquela manhã, Gi Rafa estava de péssimo humor: tentando comer uma flor no topo de uma árvore mais alta que ela, tinha ficado com um torcicolo. Assim, quando Hipo Pótamo, todo animado, lhe anunciou por telefone que havia emagrecido meio quilo, respondeu:

— Meio quilo? E você me telefona para anunciar que perdeu meio quilo! É como se o monte Everest me telefonasse para comunicar-me que perdeu meio metro! De qualquer jeito, se quer que a gente se case, ainda precisa emagrecer quatrocentos e noventa e nove quilos e meio. E agora me despeço, porque não tenho tempo a perder com os meios quilos de gente que pesa duas toneladas. Tchau — e assim dizendo, desligou o telefone.

Para consolar-se de tanta grosseria, Hipo Pótamo foi até o escritório onde sabia que encontraria An Ta, sua jovem datilógrafa, esperando por ele. Ela era uma moça bonachona e com formas tão exuberantes que só de vê--la lhe dava uma sensação de segurança e confiança. Ditou muitas cartas comerciais, rodando pela sala e, de vez em quando, parando para observar com simpatia An Ta, entretida, batendo à máquina. Por fim, mais ou menos ao meio-dia, não aguentou mais, aproximou-se de An Ta e lhe sussurrou, fazendo estalar os dentes com grande paixão:

— Que diria de um aperitivo, só um aperitivo? Perdi meio quilo de peso e então...

An Ta, embaraçada com a sensualidade da voz do chefe, disse sabiamente:

— Então, trate de emagrecer outro meio quilo, assim completa um quilo.

Mas Hipo Pótamo agora estava entusiasmado:

— Que diria, hum, de alguns sanduichinhos bem macios, com muita muita manteiga, uma bela fatia de presunto, um pepinozinho, uma alcachofrazinha?

An Ta protestou:

— Não, doutor, não me faça cair em tentação, trabalhemos, não pense em sanduíches.

— Com um belo copo de cerveja?

Todas aquelas letras da palavra "cerveja" provocaram um calafrio na coluna da sempre dedicada ao trabalho An Ta:

— Vamos, doutor, seja sério, não faça isso... Sou jovem, também eu sou feita de carne e osso. O que aconteceria se me deixasse vencer pela gula?

— E quem sabe um pratinho de camarões ao molho?

— Acalme-se, doutor, poderia entrar alguém e...

— E para terminar, dois pãezinhos recheados?

— Oh, oh, que diria a senhora Gi Rafa se o escutasse!

Hipo Pótamo disse desapontado:

— Não me fale de Gi Rafa: quer que eu emagreça. A senhora, não caia nessa!

E An Ta:

— Vá lá, desta vez quero alegrá-lo. Encomende os seus sanduichinhos.

Chega o garçom do bar; na bandeja, havia uns vinte sanduíches: também no bar a gulodice de Hipo Pótamo era conhecida. Hipo Pótamo começou a devorar dois de cada vez; enquanto os mastigava, indicava a An Ta a bandeja, como para convidá-la a fazer o mesmo. An Ta não se fez de rogada. Agarrou um sanduíche, deu uma boa mordida com os seus perfeitos, branquíssimos dentes, olhou-o um instante e voltou às dentadas. Tudo isso encantou Hipo Pótamo: o que podia existir de mais bonito do que uma mulher comendo?

Mas igualmente o meio quilo o obcecava. O aperitivo tinha sido um excelente almoço; agora, a este almoço se somaria um outro, aquele que, de manhã, inebria-

do por sua vitória, havia encomendado à fiel Por Cona.
Com inesperada decisão foi ao telefone; do outro lado
da linha, a voz de Por Cona. Trovejou:

— Contraordem, Por Cona!

— Ou seja?

— Quer dizer que voltamos para a dieta: abobrinhas
e mussarela. Estarei em casa no máximo em meia hora.

— E o almoço que já tinha preparado?

— Você come tudo.

E assim foi. Hipo Pótamo voltou para casa, comeu
duas abobrinhas e uma fatia de mussarela, e então, em
seguida, foi dormir. Acordou depois de duas horas com
um desejo enorme de costeletas à Villeroy. Quase sonhando, foi até a cozinha, abriu a geladeira. Lá estava,
num pratinho, a costeleta que a boa Por Cona tinha deixado de reserva. Sem refletir muito, Hipo Pótamo engo-
liu-a numa bocada só, fria e gordurosa como estava. Mas,
na geladeira, havia também uma bandejinha de salmão
defumado, uma vasilha com uma dezena de aspargos,
uma taça cheia de morangos e todo o sorvete no qual
Por Cona não tinha tocado. Enfim, boa parte da refeição
encomendada pela manhã. Sempre como num sonho,
Hipo Pótamo mandou todas aquelas delícias ao encontro da costeleta em seu estômago. Assim, depois de ter
dado instruções a Por Cona para um jantar ascético, segundo a dieta, voltou ao escritório.

Passou a tarde toda discutindo negócios, ditando cartas, lendo documentos. Ao anoitecer, quando já se preparava para sair, eis que apareceu na porta um tal de Por Cão, velho companheiro de solenes comilanças. Por Cão anunciou triunfalmente:

— Esta noite, todos à casa de Su Íno! Voltou do mar com uma barcaça de peixe fresquinho, pescado por ele, pessoalmente. E nada de mulheres; somente homens!

Acontece que Hipo Pótamo era doido por peixe; e sentiu logo que não conseguiria vencer a tentação. Contudo, esboçou uma débil resistência, explicando a Por Cão a história do meio quilo: já o teria recuperado com os ovos, o aperitivo, os restos do almoço: que aconteceria se aceitasse o convite de Su Íno? Por Cão, que, como se diz, conhecia a sua turma, fingiu que o levava a sério:

— Tudo certo; mas você se esquece de uma coisa: quantas vezes evacuou hoje? Quer dizer, quantas vezes aliviou o corpo?

— Digamos que duas vezes.

— E então, com a sua corpulência, não deve ter eliminado pelo menos uns cinco quilos?

O argumento era convincente, tanto mais quanto Hipo Pótamo queria mesmo era ser convencido. Disse:

— Está bem, vou me controlar, beliscarei alguma coisa, vamos.

Na linda casa de Su Íno, uma grande mesa em forma de ferradura, toda recoberta de numerosas bandejas cheias de peixes de todo tipo, esperava os convidados. Estes se lançaram ao assalto, todos com um guardanapo amarrado no pescoço, armados de prato e garfo. Lá estava a sopa de peixe, em sopeiras enormes. Ao lado, bandejas com lagostas, com moluscos do Mediterrâneo e vôngole; e pratos com peixes assados na brasa, outros com polvos, com lulas e similares, tanto cozidos quanto grelhados. Havia ainda uma cherna mirabolante, pesando pelo menos trinta quilos. Hipo Pótamo aproximou-se da cherna e, como quem não quer nada, comeu a metade. Depois foi a vez de um par de lagostas, de uma bandeja inteira de mexilhões gratinados, de uma abundante porção de camarões, de um prato imenso transbordando de frituras variadas. De vez em quando, Hipo Pótamo observava, mesmo comendo, o que mais havia na mesa e aí espetava com o garfo algum peixinho particularmente raro que lhe fugira até então. É claro que pensava no meio quilo, em Gi Rafa, em seu jantar de abobrinhas e mussarela que o esperava em casa. Mas tudo isso confusamente, como se fosse alguma coisa que já não lhe dizia respeito. Acabou por empanturrar-se tanto que quase não conseguia andar. Mas se consolava com esta ideia, digamos, de base histórica: "Os antigos romanos o que faziam? Comiam, depois vomitavam e recomeçavam a comer. Vou fazer o mesmo".

A noitada havia acabado. Na mesa, só restavam as bandejas vazias com as espinhas de peixe limpas. Hipo Pótamo despediu-se de Su Íno e de todos os outros companheiros de banquete, correu para casa, chamou Por Cona, foi ao banheiro e, enquanto a governanta lhe segurava a testa com as mãos, vomitou no vaso sanitário à maneira dos antigos romanos. Depois, foi à cozinha, abriu a geladeira e, para compensar, saboreou lentamente duzentos gramas de queijo gorgonzola. Enfim, chegou o grande momento. Hipo Pótamo tirou a roupa, subiu pelado na balança.

Esta, imediatamente, gritou-lhe furiosa:

— Aí está. Você engordou cinco quilos!

Hipo Pótamo berrou por sua vez:

— Não é possível. Agora, até você começa a dizer mentiras!

Indignada, a balança respondeu:

— Sempre lhe disse a verdade. Digo mais uma vez: você é...

Não pôde acabar, porque Hipo Pótamo, com um pontapé terrível, derrubou-a; com um segundo coice, reduziu-a a cacos. Mas, dos pedaços, ergueu-se a alma da balança e disse, exalando o último suspiro:

— Um guloso incorrigível.

Histórias da Pré-História

E A COROA DE GELO DERRETEU

Depois de ter convidado o rei Le Ão para ver sua casa no polo, Leão Marinho, tendo ido embora o hóspede, começou a dizer à mulher, Leoazinha Marinha:

— Por que Le Ão tem uma coroa e eu não? Aqui no polo, sou tão importante quanto ele nos trópicos. Mas ele usa uma coroa e eu, nada.

Leoazinha respondeu:

— Ele foi eleito rei da floresta por voto unânime de todos os animais. De você, ao contrário, é hora de saber, todo mundo ri.

Leão Marinho bufou, magoado:

— Todo mundo ri?

— Claro. Você virou motivo de troça por seu peso e pelas tolices. A gente ouve por aí: "Tonto como Leão Marinho; pesado como Leão Marinho". Sim, tudo menos rei da floresta. Além do mais, no polo não há florestas.

Leão Marinho gritou:

— Mas eu, assim mesmo, quero uma coroa e vou consegui-la.

Leoazinha respondeu:

— É com você. Aviso que não quero usar coroa. Nasci

numa família pobre mas honrada; lá em casa, não se falava de coroas. Meu pai era um pescador especializado em fazer vir à tona peixes que cantavam dilacerantes canções de amor; minha mãe era uma modesta professora que ensinava os caranguejos a andarem reto. Portanto, repito: nada de coroa para mim.

Mas Leão Marinho já estava com ideia fixa. Foi negociar com os animais do polo: Fo Cas, Pin Guins, Ar Minhos, Ba Leias, Mor Sas, Del Fins, Cas Quilhos, Gai Votas e companhia. A todos esses, Leão Marinho dava presentes, prometia cargos e títulos para quando fosse rei. A quem o contrariava, dizendo que no polo nunca tinha havido rei, respondia:

— É preciso um rei. O peixe começa a ficar escasso. Alguns têm muito e outros, pouco. O rei, ou seja, eu, proverei divisões em partes iguais.

Por fim, quando teve a certeza de que uma boa maioria era capaz de votar nele para rei, Leão Marinho pensou na coroa, que era, no fundo, a verdadeira causa de toda a sua agitação. Era preciso um bom artesão, devia ser uma coroa belíssima, capaz de matar de inveja o Leão da floresta. Leão Marinho pensou bem, viu que não existia um fabricante de coroas no polo. Então saiu viajando de uma placa de gelo para outra, até a Sih Béria, região cheia de florestas, na qual vivia um certo Cas Tor, excelente artesão da madeira.

Leão Marinho raciocinava assim: "Se ele sabe trabalhar a madeira, por que não saberia trabalhar o ouro?". Mas estava errado. Chegando à oficina de Cas Tor, tratou de expor o que desejava e viu o artesão coçar a cabeça, perplexo. Depois, Cas Tor disse:

— De madeira, posso lhe fazer uma coroa lindíssima: de pinheiro, de bétula, de carvalho, de cedro. Talvez, quem sabe, poderia fazê-la de sequoia, uma árvore muito rara, a maior de todas. Mas com ouro não estou habituado a trabalhar.

Leão Marinho disse:

— De madeira, não. Os fantoches levam na cabeça uma coroa de madeira. Não, tem de ser de ouro ou de algum material que tenha o mesmo esplendor do ouro.

Histórias da Pré-História

Cas Tor coçou a cabeça de novo. Estava a ponto de responder que não havia nada a fazer, quando lhe veio uma ideia. Na Sih Béria, o inverno é frio de verdade; o rio em cuja margem Cas Tor vivia estava congelado; os abetos estavam carregados de neve; das rochas, pendiam estalactites de gelo. Ora, naquele exato momento, o sol batia numa delas e fazia cintilar mil luzes. Cas Tor pensou: "Faço-lhe uma coroa de gelo e lhe digo que é diamante. Ele não vai perceber nada porque o gelo é parecido com o diamante; e como mora no polo, lá o gelo não derrete nunca".

Contente e tranquilo, disse a Leão Marinho:

— Sabe que coroa lhe farei? De diamante, que é muito mais precioso que o ouro e, também, muito mais luminoso.

Leão Marinho perguntou:

— Mas onde é que você vai encontrar diamante?

Cas Tor respondeu:

— Numa gruta que conheço, existe até uma mina. Pode voltar confiante para o polo; nos vemos dentro de quinze dias. O diamante é um mineral muito duro e é preciso muito tempo para o trabalho.

Leão Marinho, persuadido, voltou ao polo e Cas Tor pôs mãos à obra. Extraiu da rocha um grande pedaço de gelo e, com seus instrumentos, devagarinho, transformou-o num cilindro, e deste, sempre trabalhando com esmero, obteve um segmento redondo, medindo um palmo e com dois dedos de espessura. Fez um buraco no meio, foi ampliando devagar: eis a coroa de acordo com a medida da cabeça de Leão Marinho. Mas ainda era uma coroa bem simplezinha, sem enfeites. Cas Tor trabalhou mais, limando e lapidando; no final, ao sol, a coroa de gelo refulgia com cem luzes iridescentes como se estivesse salpicada de pedras preciosas.

Naturalmente, Leão Marinho ficou entusiasmado com a coroa. Coroou-se e partiu para o polo; assim que chegou, lançou um edital para a cerimônia de coroação. No dia marcado, todos os habitantes do polo se concentravam na praça. Leão Marinho chegou, com a coroa bem encaixada na testa, subiu num monte de neve e disse:

— Caros súditos...

Houve um movimento de surpresa: desde quando e de que modo os habitantes do polo tinham se tornado súditos de Leão Marinho?

Leão Marinho continuou:

— Caros súditos, vocês precisam, precisam urgentemente de um rei. Caso contrário, que súditos serão? Não há súditos sem rei, como não há rei sem súditos. Portanto, um rei é necessário e por isso, aqui estou: cinco metros de comprimento, três toneladas de peso.

Uma voz gritou:

— E Uhr Soh, onde é que ele fica?

Histórias da Pré-História

Leão Marinho não se abalou:

— Uhr Soh não é páreo para mim. É inferior no comprimento: dois metros e meio, e no peso: nem chega a uma tonelada. Sendo assim, sou obrigado, para o bem de vocês, a me tornar rei. Mas pode haver um rei sem coroa? Nunca, seria como um galo sem crista. Portanto, eis a minha coroa, observem-na, toda de diamante maciço, muito mais bonita e preciosa que a coroa de ouro daquele pobretão do Le Ão. Resultado: sou o rei de vocês e vocês, em relação a mim, são vermes, lama, lixo.

Naquele dia, o sol estava oculto entre as nuvens; mas assim que Leão Marinho terminou seu breve discurso, eis que, o sol se apresenta, um raio bate na coroa, faz cintilar cem reflexos multicoloridos. A multidão, por um instante, permaneceu indecisa. Depois explodiu num longo, crepitante aplauso. Leão Marinho havia vencido: ei-lo rei.

Mas lhe restava o desejo de exibir a coroa de diamante na frente de Le Ão. Pensou no caso e, certo dia, disse a Leoazinha:

— Temos de retribuir a visita de Le Ão. Temos de ir aos trópicos.

Leoazinha respondeu:

— Diga a verdade, você quer exibir a sua coroa diante de Le Ão para fazê-lo morrer de inveja.

— E se fosse assim?

A esposa respondeu:

— Não conte comigo para uma viagem dessas. Nasci dona de casa, e assim quero morrer. Não me sinto rainha de nenhum modo e por isso permaneço aqui.

Tal resposta desagradou a Leão Marinho, mas, enfim, mais que o afeto, pôde a vaidade. Assim, após uma troca de cartas, recebeu o convite e partiu para os trópicos, num avião especial mandado por Le Ão. A esta altura, talvez vocês queiram saber o que são os trópicos. Respondo-lhes que são lugares muito, mas muito quentes mesmo. Quentes demais. Antigamente, de fato, esses lugares ardentes se chamavam "Tritrópicos", para indicar que eram lugares "três vezes" mais quentes. Mais tarde, o "tri" caiu, e assim dizemos só trópicos. Um pouco como dizemos "legal" no lugar de "trilegal". Le Ão não havia esquecido do acolhimento excepcional que lhe fora oferecido por Leão Marinho no polo. Assim, fez as coisas em grande estilo. O programa dos festejos compreendia ao menos duas paradas, uma do exército e outra da corte e do povo. Naturalmente, as festas eram ao ar livre. E de manhã.

O avião aterrissa na pista entre as palmeiras, a banda toca o hino do polo; um regimento selecionado de Ba Buínos, Ma Cacos, Go Rilas e Chim Panzés apresenta armas. Um ao lado do outro, Le Ão e Leão Marinho passam lentamente os soldados em revista. O sol dardejava,

Histórias da Pré-História

embora fossem apenas sete da manhã; a multidão, que se comprimia atrás dos soldados, admirava sobretudo as duas coroas e fazia comparações. Havia quem preferisse o ouro ao diamante; outros escolhiam o diamante. Mas, em geral, a coroa de Leão Marinho parecia mais original e também mais preciosa que a de Le Ão.

Os dois monarcas sobem num automóvel e se dirigem ao paço. Já eram nove horas e o sol queimava mais forte que nunca. Aí, Leão Marinho percebeu, com espanto, que sua coroa estava se derretendo em tanta água que lhe gotejava na testa e na nuca. Desmanchava-se; tinha caído para o nariz; logo lhe desceria até o pescoço; de coroa de rei tinha se transformado em coleira de cachorro. Leão Marinho, num segundo, entendeu a mutreta de Cas Tor; e, arrependido, maldisse a própria vaidade. Mas não havia tempo a perder; já Le Ão e seus cortesãos pareciam ter percebido o desmanche da coroa do rei do polo, já trocavam sorrisos e olhares irônicos. Leão Marinho tomou coragem e sussurrou baixinho para Le Ão, que estava ao seu lado no automóvel:

— Está acontecendo uma coisa desagradável comigo: a coroa está descendo, está muito larga. Não teria para emprestar-me uma coroa, digamos assim, para o dia a dia, daquelas que se usam em casa?

Convém saber que Le Ão era muito esperto. Havia entendido desde o início que Leão Marinho queria humilhá-lo com sua coroa de diamantes; e, assim, quis vingar-se. Disse todo sério:

— Uma coroa mais jeitosa, que uso em casa, claro que sim.

Sussurra duas palavrinhas no ouvido de O Ran Go Tango, seu mestre de cerimônias; mal chegam ao paço real, ele se ausenta e retorna com a coroa de usar em casa. Na verdade, não era uma coroa mas sim um peixe achatado e fino como um cinto, que, nos trópicos, é defumado e depois posto à venda com o rabo enfiado na boca; de modo que forma um círculo perfeito. Le Ão disse a Leão Marinho que costumava usar em casa esse peixe-cinto no lugar da coroa e, sem demora, atarraxou-o na cabeça dele. Depois, pegou-o pela mão e o arrastou para fora do paço, a fim de apresentá-lo ao povo reunido na praça.

Leão Marinho, francamente, sentia-se quase sufocar com o fedor do peixe; mas não havia escape: Le Ão o tinha coroado; como recusar? Porém, uma vez fora do paço, da multidão que enchia a praça começaram a elevar-se risadinhas reprimidas: todos tinham notado o peixe-cinto pousado na cabeça do rei do polo à guisa de coroa. Ora, o peixe-cinto é o alimento mais vulgar e barato dos trópicos; que estava fazendo na cabeça de um rei? As risadas se fizeram mais numerosas quando Leão Marinho ergueu a mão e disse:

— Cidadãos, eu, rei do polo...

Então, ao tentar endireitar o peixe-cinto na testa, explodiram todos juntos numa única, fragorosa gargalhada. Riam todos: cortesãos, soldados, povo; ria até Le Ão, embora com educação, sob os bigodes...

Esta é a verdadeira história da coroa de gelo de Leão Marinho. A moral é:

Toda coroa vale uma cabeça.
Mas nem toda cabeça vale uma coroa.

MÃE NA TUREZA DECIDE MUDAR O MUNDO

Há um bilhão de anos, na ilha Galá Pagos, viviam uma mulher e seu marido. Ela se chamava Na Tureza e ele, Evo Lução. Na era uma mulherona majestosa, mas nada tranquila, como acontece frequentemente com mulheres muito bonitas. Era, ao contrário, birrenta, caprichosa, inconstante, violenta e melancólica. Evo, o marido, era o oposto: pequeno, magrinho, com uma ameaça de corcunda, um rosto sagaz, benevolente e com óculos grandes. Na trabalhava pouco, digamos que era dona de casa. Evo era um estudioso muito esforçado que, com muito empenho, tinha se tornado mago.

É importante saber que, na época em que se desenrolaram os acontecimentos que estamos para contar, a ilha Galá Pagos era muito diferente do que é hoje. Não tanto pelo aspecto físico: nua e rochosa era então, nua e rochosa continua; mas na fauna era diversa. Digamos que era habitada exclusivamente por um grande número de répteis gigantescos. Entre as rochas, nos pequenos planaltos, no cimo dos montes, nas baías e ao redor dos promontórios, era só um fervilhar de monstros, cada um mais horrível que o outro. Por todos os lados, arras-

Histórias da Pré-História

tavam-se pesadamente colossais Dino Sauros, com caudas e pescoços compridíssimos, cabeças minúsculas, corpanzis estufados feito barris. Havia de todos os tamanhos, de todas as espécies, mas todos tinham em comum a feiura mais horripilante. Todos esses monstros faziam um barulho dos diabos, movendo guerra contínua uns aos outros: carnívoros, tipo Tirano Sauro, comiam os herbívoros, tipo Dipló Doco; mas este não queria saber de ser devorado, embora o Tirano Sauro fizesse os maiores esforços nesse sentido; e assim não paravam as gigantescas brigas, com rugidos e urros que chegavam às estrelas. Além disso, os monstros não se preocupavam em andar limpos; a ilha inteira, com todo o respeito, era uma privada ou uma imundície. Ossadas, carcaças, detritos de todo gênero recobriam o território, empestavam o ar com seu fedor.

Na Tureza sofria ao ver sua ilha reduzida àquela situação. O mau cheiro, o barulho, a imundície dos Dino Sauros lhe provocavam angústia, ficava fora de si. Mas não podia fazer nada porque esse mundo cheio de monstros tinha sido vontade sua. Há alguns bilhões de anos os répteis não existiam; o mundo era constituído somente de águas intermináveis e absolutamente calmas das quais, aqui e acolá, emergiam belíssimas ilhotas verdejantes e floridas. Um mundo sereno, silencioso, calmo, abençoado. Acontece que Na, caprichosa e volúvel como era, logo se cansou daquele mundo ideal; e começou a atormentar Evo, que fora afinal quem, mediante um pedido dela, havia feito o mundo daquela forma:

— Escute, destrua este mundo chato, senão enlouqueço de tédio.

Evo então lhe dizia:

— Mas é o mundo que você pediu.

— Sim, fui eu quem o pediu, e daí?

— E como o prefere agora?

— Gostaria que fosse mais dramático, mais estranho, mais fantástico. Chega de mar banhando as margens, de ventos acariciando as gramíneas, de flores se erguendo na direção do sol. Chega deste melaço. Quero um mundo que talvez me provoque horror, mas que mexa comigo! Talvez um mundo povoado por monstros! Sim, bem-vindos os monstros, se me tirarem do tédio.

E Evo então, pronto:

— Quer monstros? Então vai tê-los.

Em síntese, este foi o motivo pelo qual dali a pouco (ou seja, apenas um milhão de anos) o mundo se encheu de répteis tão colossais quanto horrendos.

Porém, a inconstante e caprichosa Na passava a maior parte de seu tempo a lamentar a perda do mundo de antes, tão aborrecido mas também tão sossegado. Passava o dia todo fechada em casa e tapava os ouvidos para não escutar os rugidos, os berros, os barridos e outros sons horrendos que se erguiam desde o amanhecer na ilha e não cessavam um só momento até a noite. De vez em quando, Na Tureza berrava:

— Basta, basta, basta, vou enlouquecer, sim, vou enlouquecer.

Mas Evo não ligava para ela: já a conhecia bem e sabia que, caprichosa como era, devia, antes de mais nada, topar com a realidade, caso contrário, dali a um outro milhão de anos, era bem capaz de inventar um novo capricho. Tinha sido ela que desejara os monstros, os mais terrificantes e barulhentos que fosse possível; agora, que os aturasse.

Porém, todo bom jogo dura pouco; e Evo se convenceu de que Na já fora punida o bastante. Assim, certo dia lhe disse:

— Ouça, Na, vejo seus sofrimentos e penso que seja hora de acabar com eles. Você quer que este mundo de monstros deixe de existir. Muito bem, diga-me então como gostaria que fosse. Mudar o mundo é uma operação muito difícil; eu não gostaria de cometer erros; por isso é bom que a gente se entenda antes.

Na permaneceu pensativa um bom tempo; depois, disse com voz inspirada:

— Quero um mundo diverso, completamente diverso do que existe hoje. Um mundo bonito.

— Sim, bonito, mas como?

— Leve, leve, leve.

— Leve e o que mais?

— Não quero nada que se arraste, que deslize, que claudique.

— Bom, nada que se arraste e o que mais?

— Não quero essas cores horríveis, cor de lama, cor de bile, cor de esterco, cor de podre. Quero um mundo brilhante e multicolorido como o arco-íris.

— Está bem, e o que mais?

— Quero — disse Na, fechando os olhos —, em vez de barridos, urros, uivos, rugidos, vozes que falem, cantem, sussurrem, gorgeiem, harmoniosas, melodiosas, suaves.

— Quem poderia discordar de você? É só isso?

— Um momento, agora vem o mais importante. Quero que tudo isso que agora se arrasta sobre a face da Terra voe, voe, voe.

A cada "voe", Na elevava um pouco mais a voz. Concluiu:

— Voe para longe e, quem sabe, não volte nunca mais.

Evo disse:

— Portanto: animais leves, multicoloridos, falantes e voadores. Vejamos. Antes de mais nada, encontremos um nome. Decidido o nome, tudo o mais está feito. Que me diz: cantovoadores ou falavoadores?

— O que significa?
— Que voam e ao mesmo tempo cantam ou falam.
— Muito complicado.
— Então: arestres.
— Isto é?
— Como terrestres, não?
— Não gosto.
Evo coçou a cabeça e depois disse:

Alberto Moravia

— Vou pôr "ar" no nome. E um diminutivo para mostrar quanto são simpáticos. Eles voam, dão pequenos passos, passinhos no ar: ou seja, passarinhos.

Na concordou:

— Nada mal. Prossiga nesta linha.

Agora permanecia o problema: o que fazer com os monstros? Na, sempre exagerada, queria exterminá-los:

— Quero vê-los todos mortos, já, do primeiro até o último, de sede, de fome, de frio, de fogo, de terremoto, de maremoto, fulminados por raios, arrasados por erupções. Ouça, levantemos uma única onda que se abata sobre a ilha e a mantenha submersa não mais que dez minutos. Mas, por favor, façamos isso imediatamente.

Evo, porém, não via as coisas por essa ótica:

— Por que matá-los, por que destruí-los? Devemos, ao contrário, fazer as coisas gradualmente, sem choques, sem ruptura de continuidade. Os monstros não serão exterminados, simplesmente se extinguirão por falta de prole.

— E como você vai fazer, se eles se multiplicam como coelhos?

— Inventarei uma bestazinha graciosa que chamarei de cão e que será gulosíssima pelos ovos dos monstros. Estes morrerão de velhice, mas sem descendentes.

— Você pensa em tudo, hein? — disse Na, já meio consolada. — Agora falemos das aves. Como vai fazer para inventá-las?

Histórias da Pré-História

— Também para elas será preciso um certo tempo: apenas alguns milhões de anos. Você deve saber que muitos pequenos répteis possuem as escamas da couraça feitas de uma matéria muito maleável, muito elástica. Com um pouco de paciência, depois de, digamos, uns trezentos milhões de anos, espero transformar tais escamas em algo leve, macio e flexível que chamarei de penas. Essas penas, distribuídas sobre os braços, serão asas. Com as asas, passarinhos e todas as aves poderão voar.

Na bateu palmas de alegria:

— Oh, que lindo!

E assim foi. O cão devorou os ovos dos monstros; os monstros morreram de velhice, sem deixar descendentes; a ilha se encheu de gigantescos esqueletos esbranquiçados. Agora, reinava o silêncio; neste, ouvia-se a voz de Evo que dizia à mulher:

— Paciência, é preciso paciência, devagar se vai ao longe. Dentro de pouco tempo, vou lhe apresentar a primeira ave, há de ver como é bonita!

— Pouco tempo quanto?

— Bom, só cinquenta milhões de anos.

Assim, chegou o dia tão esperado. Evo apresentou à mulher a primeira ave a ser criada, que trazia trepada em suas costas: multicolorida, cheia de penas, falante. Em suma: um belíssimo papagaio. Evo disse à mulher:

— Eis aqui Lou Rinho. Lou, diga alguma coisa à patroa.

Lou Rinho ergueu-se o mais que pôde sobre as costas e lançou na cara de Na:

— Bruxa velha!

Assim acabou o casamento entre Na e Evo. Ofendida, pensando que o marido tivesse adestrado Lou Ro para insultá-la, Na foi embora, deixou Evo tentando aperfeiçoar suas aves. As quais, como se sabe, cantam mas não falam: Evo não quis repetir o erro do papagaio. Mas o que acontecerá no dia em que marido e mulher se reconciliarem? Quem sabe Na terá outro de seus caprichos: não há de querer mudar o mundo outra vez?

A BELA E A FERA

Há um bilhão de anos, um certo Ber Toldo Não-vender-a-pele-do-urso, que, para simplificar, chamaremos de Ber Toldo, teve de sua mulher uma filha bonita como o sol e que, por isso mesmo, batizou de Bela.

Os anos passaram, Bela se tornou a mais bonita dentre todas as moças daquela cidade da Floresta Negra: enormes olhos azuis, cabelos de ouro, narizinho delicado, boca pequena semelhante a um botão de rosa.

Convém saber que Ber Toldo era um artesão de peles. No térreo de sua casa funcionava a loja, sem dúvida a mais elegante e renomada na cidade. Na vitrine, havia sempre expostas à venda magníficas peles de lontra, de zibelina, de castor, de marta e outras. Nos fundos, Ber Toldo tinha o laboratório onde transformava em pelicas os couros grosseiros que os caçadores iam lhe entregando. Eles chegavam da floresta ainda salpicados de neve, com os couros amarrados em grandes embrulhos trazidos nas costas. Ber Toldo os acolhia festivamente, examinava uma por uma as peles, depois pagava um bom preço e os caçadores iam embora contentes, com dinheiro no bolso e o estômago aquecido com alguns copos de aguardente.

Acontece que certo dia, no fundo da Floresta Negra, uma certa Uhr Sah disse ao filho Uhr Sinho:

— Estou doida para comer mel, se você fosse um bom filho, ia arranjar algum para mim.

Uhr Sinho respondeu com bom senso:

— Não é tempo de mel. Onde vou encontrar mel no inverno?

Uhr Sah disse:

— Na cidade, o mel é conservado em potes. Vá até a cidade, entre numa casa e pegue um pote daqueles para sua mãe.

Uhr Sinho gostava muito da mãe. Assim, depois de pensar no caso, decidiu atendê-la. Uma noite, saiu da toca e foi caminhando pela floresta coberta de neve, rumo à cidade.

Caminha que caminha, saiu da floresta, percorreu um longo trecho de estrada pavimentada e chegou às primeiras casas. Continuava a nevar forte forte; sob aquela neve toda, a cidade parecia adormecida. Uhr Sinho cruzou de uma rua para outra sem encontrar ninguém; a vitrine do peliceiro atraiu sua atenção. Com efeito, lá estavam expostos dois casacos em que Uhr Sinho acreditou reconhecer dois velhos amigos, antigos companheiros de brincadeiras: Uhr São e Uhr Sito. Uhr

Sinho, vocês já devem ter entendido, tinha o coração mole. Ver aqueles dois casacos de pele, lembrar dos velhos companheiros de cambalhotas e trambolhões na neve e começar a chorar foi imediato. Soluçava muito alto, caminhava repetindo:

— Coitados, coitados, que triste fim, meus pobres amigos!

De repente, uma voz bem delicada falou de uma janela do primeiro andar, situada acima da loja:

— Uhr Sinho lindo, por que está chorando?

Uhr Sinho ergueu os olhos e viu Bela, pois era ninguém menos que ela quem o observava da janela com curiosidade e compaixão. Então, confusamente, entre um soluço e outro, falou do mel e de sua mãe, de sua viagem através da floresta, de sua chegada à cidade e, por fim, da descoberta, na vitrine, dos despojos de seus dois queridos amigos. Bela ouviu e depois disse:

— Agora, você entra aqui em casa e lhe dou o mel: temos um ótimo. Depois que você se refizer, volta para casa e leva as melhores saudações de Bela, a filha do peliceiro, para sua querida mamãe.

Dito e feito. Bela desceu ao térreo, fez com que Uhr Sinho entrasse na casa às escondidas, levou-o direto para a cozinha. Lá havia mel com fartura, numa fileira de potes alinhados numa mesa, mel superfino, de variedades bem conhecidas: de acácia, de rosa, de trevo. Bela pegou vários daqueles potes, colocou-os num saco, e estava amarrando o saco nas costas de Uhr Sinho quando se ouviu um barulho na escada e a voz de Ber Toldo gritou:

— Bela, o que você está fazendo?

Bela respondeu ao pai que estava bebendo um copo d'água. Mas não havia um minuto a perder. Bela pegou Uhr Sinho pela mão, levou-o para a loja e lhe disse:

— Agora, você vai para a vitrine, entre aqueles dois casacos. Ninguém vai perceber nada, você é idêntico a seus dois amigos, vão pensar que meu pai, em vez de dois, pôs três casacos na vitrine.

E assim foi feito. Uhr Sinho fez pose entre os dois casacos de pele, de braços abertos, erguido sobre as patas posteriores: parecia mesmo um casaco já confeccionado, pronto para ser usado.

Bela deteve-se um pouco na vitrine. Uhr Sinho lhe agradava; já experimentava por ele um sentimento especial. Disse-lhe:

— Sabe que você é lindo?

Uhr Sinho respondeu:

— Mamãe me diz a mesma coisa.

Bela estendeu a mão, disse:

— Posso pôr um dedo na sua pelagem?

— Claro que sim.

Bela pôs o dedo na pelagem; sua mão afundou até o pulso. Ela exclamou:

Alberto Moravia

— Que pelo profundo, que pelo maravilhoso. Querido Uhr Sinho, quero casar com você, é o marido que combina comigo.

Naquele exato instante, Ber Toldo, que nesse meio-tempo se vestira, entrou na loja, viu a filha falando com Uhr Sinho e entendeu de estalo o que estava acontecendo. Disse:

— O que significa isso? Ontem, coloquei dois casacos na vitrine e agora há três.

Bela disse:

— Papai, ontem, você estava cansado, pensou ter posto dois, mas de fato foram três casacos.

— Pode ser — disse o pai —, mas quero testar se este casaco aprecia uma pitada de tabaco.

Assim dizendo, tirou do bolso a tabaqueira e a enfiou aberta no nariz de Uhr Sinho. Este tratou de resistir o mais que pôde, mas no final foi obrigado a dar um espirro estrondoso. Aí, sem ligar para a consternação de Bela, o pai pegou uma corrente grande, passou-a pelo pescoço de Uhr Sinho e disse, puxando-o da vitrine:

— Muito cedo para ficar exposto! Agora, vou lhe dar um tratamento especial e depois volta para a vitrine!

Bela, perante tais palavras, lançou-se aos pés do pai chorando e implorou:

— Papai, não faça isso.

Ber Toldo disse:

— Sou peliceiro, este urso veio se oferecer de mão beijada. Que profissional eu seria se não aproveitasse a ocasião?

E Bela:

— Papai, este urso cuja pele você quer vender foi escolhido por mim para ser meu noivo. Papai, eu o amo e se você fizer dele um casaco, certamente vou morrer de dor.

Ber Toldo ficou muito mal. E não tanto pela perda da pele mas sim porque tinha destinado a filha a se tornar a mulher de algum dos cavalheiros mais ricos da cidade, e a via agora fugir para o fundo da floresta com um animal peludo qualquer. Furioso, pegou Bela e trancou-a numa jaula de ferro em que costumava manter as feras antes de transformá-las em casacos. Quanto a Uhr Sinho, não teve coragem de matá-lo; entendia que Bela podia mesmo morrer de dor. Assim, vendeu-o a uns ciganos que tinham suas barracas num subúrbio da cidade. Toda noite, Uhr Sinho exibia-se ali com suas brincadeiras e cambalhotas e logo se tornou uma das maiores atrações do espetáculo.

Enquanto isso, Bela passava dias terríveis. O pai lhe dava muito de comer, mas isso era tudo. Quanto ao restante, tratava-a feito um animal qualquer e não tinha escrúpulos em afirmar:

— Para mim, uma filha que se apaixona por uma

besta é igualmente uma besta. Mude de ideia e poderá sair. Caso contrário, prepare-se para passar a vida presa.

Bela tinha se tornado um trapo por viver numa jaula. Suja, o vestido em farrapos, os cabelos transformados num emaranhado, o rosto todo sujo de poeira endurecida pelas lágrimas, ninguém mais reconheceria nela a belíssima jovem de antes. O pai, cada dia pior, agora lhe jogava a comida como se faz com os animais. E ela, como uma fera, se lançava sobre aquelas crostas de pão e aqueles peixes podres e os devorava de quatro. Porém, no que dizia respeito ao amor, continuava dura e pura:

— Quero Uhr Sinho, se não deixar, prefiro fenecer na jaula a vida inteira.

E eis que, certa manhã, Bela descobriu uma coisa extraordinária: seu corpo todo estava se recobrindo de uma penugem marrom e densa! Exatamente como um daqueles animais peludos que o pai transformava em casacos.

Passou um dia, passou uma semana; agora o pelo era fofo e profundo. O rosto de Bela, ao mesmo tempo, vinha se modificando, tornando-se um lindo focinho de urso; os braços e as pernas tinham ficado grossos, patas robustas com pés dotados de garras. Em resumo, pela força do amor, Bela tinha se tornado uma Uhr Sinha. Imaginem o sofrimento do pai. Começou a gritar:

Histórias da Pré-História

— Eu tinha uma filha bonita como o sol; agora, aqui estou com esta besta! Existe algum pai mais desventurado que eu?

Naquele exato momento, alguém bate à porta. O pai vai abrir, fica de boca aberta: diante dele encontra-se um jovem belíssimo que lhe diz:

— Sou Uhr Sinho e vim pedir a mão de Bela.

Vocês entenderam? Por amor, Uhr Sinho tinha se transformado, exatamente como Bela. Só que esta tinha desejado ficar parecida com Uhr Sinho ao passo que este tinha desejado ficar parecido com Bela. Já não havia mais nada a fazer: o amor havia transformado definitivamente Uhr Sinho em homem e Bela em urso. Com o consentimento do pai, Uhr Sinho pegou Bela pela corrente e levou-a embora.

Não se soube mais nada sobre eles. Circula a versão de que, numa feira de aldeia, tenham sido vistos juntos: Uhr Sinho era o domador, Bela, a fera domesticada. Bela dançava o minueto, saltava no círculo de fogo, dava cambalhotas e assim por diante. Depois do espetáculo, os dois se retiravam e iam dormir juntos num lindo trailer. Dizem inclusive que Uhr Sinho era muito afetuoso e que Bela o tratava mal, dando a entender que teria preferido um urso autêntico a um urso que, mesmo sendo por amor a ela, havia se transformado em homem.

Ao contrário, outros contam que Bela e Uhr Sinho, enquanto caminhavam pela floresta à procura de mel, tinham topado com os caçadores do pai. Uhr Sinho conseguira fugir; mas os caçadores tinham abatido Bela e assim, em poucos dias, a sua pele, transformada num luxuosíssimo casaco, estava exposta na vitrine do pai, que, aliás, enquanto a preparava e costurava, não tinha reconhecido a filha.

Mas afinal tudo isso são boatos, disse me disse. O certo é que o amor pode fazer tudo e o contrário de tudo.

Histórias da Pré-História

GLOSSÁRIO

O insólito bestiário de Alberto Moravia inclui mamíferos, répteis, pássaros, peixes e também animais mitológicos, como o unicórnio, e pré-históricos, como o terrível tiranossauro.

Para ajudar o leitor na identificação dos animais extintos ou raros e também fornecer mais informações sobre alguns já conhecidos personagens, fizemos este pequeno vocabulário de bichos.

Arminho

Também chamado de "rato armênio", este mamífero pouco conhecido no Brasil é próximo da doninha. Carnívoro, mede cerca de 30 cm de comprimento e seu pelo muito macio muda de cor entre as estações: é vermelho-acastanhado no verão e branco no inverno. É símbolo de nobreza.

Baleia

Nome comum a várias espécies de mamíferos cetáceos, marinhos, da família dos balenopterídeos e dos balenídeos, que se distinguem por possuir um orifício respiratório no alto da cabeça. São os maiores animais existentes hoje. Algumas das espécies mais conhecidas são a baleia-azul (*Sibbaldus musculus*) e o cachalote (*Physeter catodon*). Muitas espécies correm risco de extinção.

Brontossauro

Nome comum aos dinossauros saurópodes, quadrúpedes, do gênero *Brontosaurus*, que viveram durante o Jurássico Inferior. Eram herbívoros e podiam pesar até 30 t e medir 22 m de comprimento.

Cachalote

Também chamado "cacharréu", é uma espécie de baleia de cor cinza-escura, grande cabeça quadrangular e forte dentição, presente em mares do mundo todo. O macho pode chegar, em alguns casos, a 20 m de comprimento e 50 t de peso.

Calamar

O mesmo que lula, um molusco (que quer dizer *mole*, *macio*) marinho, que tem corpo alongado, oito braços e dois tentáculos e carrega dentro de si uma bolsa de tinta escura que lança na água para despistar os inimigos. Muito apreciado na culinária.

Camaleão

Nome comum aos lagartos da família dos camaleontídeos, arborícolas, encontrados na Europa, Ásia e principalmente África. De cor marrom, verde ou vermelha, que pode mudar rapidamente, tem língua comprida e pegajosa e olhos com movimentos independentes. A palavra "camaleão" vem do grego *chamaileon*, que significa "leão anão".

Camelo

Mamífero artiodáctilo da família dos camelídeos (*Camelus bactrianus*), originalmente encontrado nas áreas desérticas e semidesérticas da Ásia central. Difere do dromedário por apresentar duas corcovas e também por sua pelagem longa nas épocas de inverno.

Canguru

Mamífero masurpial da família dos macropodídeos, encontrado na Austrália, Tasmânia e ilhas adjacentes; de cabeça pequena, orelhas grandes, patas posteriores longas e fortes que lhe permitem dar grandes saltos, e cauda longa e grossa.

Carpa

Peixe de água doce, da família dos ciprinídeos (*Cyprinus carpio*), natural da África e Eurásia, e introduzido no Brasil em 1882. Muito utilizado na piscicultura.

Histórias da Pré-História

Castor

Grande mamífero roedor, semiaquático, do qual existem duas espécies no hemisfério norte. Possui pelagem macia e densa, cauda achatada em forma de remo coberta por grandes escamas, e cinco dedos com garras em cada pata.

Cegonha

Grande ave migratória e pernalta (*Ciconia ciconia*) encontrada na Europa, África e Ásia, de bico e pernas vermelhos e plumagem branca com as asas negras. Segundo lenda popular, é por meio dessas aves que os bebês chegam aos pais.

Cervo

Nome comum aos veados do gênero *Cervus*, que engloba dez espécies, todas do hemisfério norte. Mamífero ruminante, tem pelo de cor amarronzada, chifres ramificados ou simples, presentes apenas nos machos, pata com quatro dedos, pernas longas e cauda curta.

Chacal

Mamífero carnívoro da família dos canídeos (*Canis aureus*), encontrado na África e na Ásia, normalmente em áreas abertas e áridas. Tem hábitos noturnos e se alimenta principalmente de restos deixados pelos grandes animais.

Cherna

Epinephelus niveatus. Peixe teleósteo (cuja estrutura é fomada por ossos) que atinge até dois metros de comprimento. O adulto é de coloração marrom a cinza-escura e sua carne é muito apreciada. Vive no Atlântico e no Mediterrâneo.

Coruja

Nome comum às espécies de aves estrigiformes, especialmente as de maior porte. Possui hábitos crepusculares e noturnos, plumagem mole, e alimenta-se de insetos, aranhas e pequenos mamíferos, sobretudo roedores, dos quais vomita, depois, os pelos e parte dos ossos.

Crocodilo

Nome dado a todos os répteis atuais da ordem dos crocodilianos, que inclui ainda os jacarés, aligatores e gaviais. Considerados os mais evoluídos répteis atuais, as treze espécies de crocodilos existentes estão espalhadas pelas regiões quentes do planeta. Habitam em água doce, salobra ou salgada e alimentam-se de presas animais, vivas ou mortas. Acredita-se que o nome "crocodilo" tenha origem egípcia, e que significava, primitivamente, "verme de pedras", devido ao seu hábito de se aquecer ao sol sobre pedras.

Delfim

Do grego *delphinos*. Nome comum aos mamíferos cetáceos, marinhos ou de água doce, que vagam normalmente em bandos, são excelentes nadadores, saltam fora d'água e dispõem de uma complexa linguagem sonora. Popularmente conhecidos como "golfinhos".

Dinossauro

A palavra "dinossauro" significa lagarto terrível (*deinos* = terrível, *sauros* = lagarto) e designa, na realidade, não apenas um, mas diversos espécimes de répteis, bípedes ou quadrúpedes, que habitaram a Terra durante o período Mesozoico (entre 230 milhões e 65 milhões de anos atrás). Alguns eram pequenos, do tamanho de gatos, e outros gigantescos, com mais de 20 m de comprimento e dezenas de toneladas. Havia espécies herbívoras (como o diplódoco), carnívoras (tiranossauro), aquáticas (ictiossauro) e até voadoras (pterossauro).

Diplódoco

Dinossauro herbívoro, do gênero *Diplodocus*. Pelos fósseis encontrados, acredita-se que eram os dinossauros mais compridos que já existiram, com cauda e pescoço longuíssimos, podendo chegar a 32 m de comprimento.

Dromedário

Mamífero da família dos camelídeos, que se distingue do camelo por ter apenas uma corcova. Adaptado à vida no deserto, o dromedário se encontra inteiramente domesticado e hoje é utilizado como meio de transporte e como fornecedor de leite e de lã.

Enguia

Nome comum às várias espécies de peixes ápodes, serpentiformes, marinhos ou de água doce. A verdadeira enguia é a espécie *Anguilla anguilla*, da América do Norte, cujos adultos vão desovar no mar e aí morrem. É também conhecida como moreia e caramuru.

Esturjão

Peixe do hemisfério norte, da família dos acipenserídeos, de corpo bastante comprido, que busca alimento no fundo lodoso do mar e dos rios. A cada desova, a fêmea põe entre 3 milhões e 4 milhões de ovos, com os quais se faz o caviar, iguaria muito apreciada.

Fênix

Pássaro mitológico que, conforme a tradição egípcia, vivia por 300 anos, depois se incendiava para renascer em seguida das próprias cinzas.

Histórias da Pré-História

Formigão

Também conhecido como formiga-leão. Trata-se da larva do inseto neuróptero, provida de longas mandíbulas, que se enterra no fundo de um funil cônico por ela construído na areia para capturar outros insetos que aí caem. Os adultos se parecem com as libélulas.

Garça

Nome genérico de aves ciconiformes da família dos ardeídeos. Ave de porte elegante, tem pernas compridas, pescoço fino, bico longo e pontiagudo e é, na maior parte das vezes, paludícola, isto é, vive em pântanos e charcos.

Girafa

Giraffa camelopardalis. Grande mamífero ruminante, encontrado nas savanas da África, ao sul do Saara. Possui corpo amarelo-claro com manchas avermelhadas ou castanhas, e pescoço muito comprido, o que faz dela o mais alto animal terrestre, podendo alcançar quase 6 m.

Gorila

É o maior dos primatas: 1,80 m e 200 kg no caso do macho, 1,50 m e 120 kg no caso da fêmea. De pelagem escura, caminha sobre os pés, apoiando-se no dorso dos dedos das mãos. São animais pacíficos, que se alimentam de folhas e frutos. Ocorrem nas florestas da região ocidental da África equatorial e vivem cerca de 40 anos. Estão ameaçados de extinção.

Hamster
Pequeno roedor, originário da Síria, que como bichinho de estimação hoje se encontra em todo o mundo.

Hipopótamo
Do grego *hippo* = cavalo e *potamos* = rio: cavalo de rio. *Hippopotamus amphibius*. Mamífero artiodáctilo de grande porte, encontrado originalmente em grande parte da África, onde vive em rios e lagos, ou próximo a eles. Pode alcançar até 4,5 t de peso e 5 m de comprimento e é capaz de ficar submerso por períodos de até 30 minutos.

Javali
Principal espécie de porco-selvagem, da qual derivam todas as espécies de porcos domésticos. Distribui-se desde a Europa até a Ásia Central, e do Báltico até o norte da África. O adulto possui um par de grandes presas e o pelo varia do cinza-claro até o negro. Passa o dia revirando a terra em busca de plantas e animais e torna-se furioso quando perturbado.

Leão

Panthera leo. Mamífero carnívoro de grande porte, da família dos felídeos. Ocorre na África e na Ásia ocidental. Depois do tigre, é o maior felino atual, podendo pesar até 200 kg. Vive em pequenos grupos com um único macho dominante, e as fêmeas cuidam da caça e dos filhotes. Suas presas são os ruminantes, javalis, zebras, macacos e também animais mortos. O leão indiano está em via de extinção.

Leão-marinho

Mamífero carnívoro, pinípede, de coloração negra e membros locomotores transformados em nadadeiras. Atinge de 2,5 m a 3 m de comprimento e o macho apresenta uma juba formada por pelos longos. Alimenta-se de cefalópodes e pequenos crustáceos e habita áreas planas. Diferencia-se das focas pela presença de pequenas orelhas. Atualmente encontra-se ameaçado de extinção.

Marabu

Leptoptilos crumeniferus. Grande cegonha africana, carnívora, de cabeça e pescoço nus, bico muito forte e uma bolsa na base do pescoço. Os marabus constróem seus ninhos nas árvores da vizinhança das cidades, alimentando-se de detritos e de cadáveres.

Marmota

Designação comum a 11 espécies de mamíferos roedores do hemisfério norte, que têm o corpo robusto, cauda e pernas curtas, pelo farto e vivem em bandos. No outono, as marmotas engordam bastante para hibernar durante o inverno no fundo das tocas, até a chegada da primavera.

Morcego

Do latim *mus, muris* = rato + *coecus* = cego. Denominação comum aos quirópteros, os únicos mamíferos realmente voadores. Possuem uma membrana que se estende desde os dedos dos membros anteriores até os flancos, às vezes até a cauda, e que lhes serve de asa. Muitas espécies emitem um ruído ultrassônico que funciona como radar e lhes permite guiar-se e localizar suas presas durante a noite. Penduram-se pelos pés de cabeça para baixo e hibernam em cavernas durante o inverno. Das centenas de espécies existentes, algumas alimentam-se de frutas, outras de insetos, algumas de sangue e outras ainda de néctar ou de peixes.

Morsa

Mamífero marinho das regiões costeiras do Ártico. Com até 3,5 m de comprimento, o macho chega a pesar 1,6 t, ao passo que a fêmea pesa em torno de 600 kg. Têm a pele quase nua e enrugada, membros conformados em nadadeiras, e caninos superiores desenvolvidos como presas que, no macho, podem alcançar até 1 m. Vivem em grandes grupos, alimentam-se de moluscos e crustáceos e são caçadas para aproveitamento de sua gordura, carne, couro e presas.

Orangotango
Do malaio *orangutan*, "homem dos bosques". *Pongo pygmaeus*. Mamífero primata de grande porte (1,20 m a 1,50 m de altura), antropomorfo, com braços muito longos, pelagem comprida, castanho-avermelhada, originário das ilhas de Sumatra e Bornéu. O macho apresenta barba e bigode. É onívoro, arborícola, e quando em terra locomove-se sobre os quatro membros. Está ameaçado de extinção.

Pinguim
Nome comum às aves esfenisciformes. São aves marinhas por excelência, restritas ao hemisfério sul, com asas modificadas em aletas e pés munidos de nadadeiras. Têm geralmente cerca de 65 cm de comprimento, partes superiores negras e inferiores brancas, com duas faixas negras no peito. Existem 18 espécies, sete das quais ocorrem na América do Sul. Aparecem no Brasil apenas como visitantes.

Piolho

Nome comum aos insetos que parasitam o homem e outros mamíferos. Os piolhos sugadores são insetos anopluros; apresentam peças bucais em forma de estiletes, com as quais perfuram a pele do hospedeiro para sugar-lhe o sangue. A espécie *Pediculus humanus* é o piolho que parasita o corpo e a cabeça do homem; seus ovos (lêndeas) prendem-se na base dos pelos ou nas roupas por meio de uma substância aderente. Existem cerca de 250 espécies.

Píton

Nome comum a diversas serpentes venenosas de grande porte, da família dos boídeos, que matam suas presas por constrição (esmagamento). Ocorrem na zona intertropical do Velho Mundo.

Porco

Nome comum aos mamíferos artiodáctilos, sem chifres, descendentes do porco-selvagem ou javali, e encontrados em todo o mundo como animal doméstico. Fornece basicamente carne e banha, é criado em chiqueiro ou solto e come praticamente de tudo, donde seu costume de revirar lixo à cata de alimento, o que, junto com o hábito de espojar-se na terra e na lama, rendeu-lhe a fama de animal sujo.

Histórias da Pré-História

Porco-espinho (europeu)

Erinaceus europaeus. Mamífero insetívoro de pequeno porte (15 cm a 30 cm). Quando pressente o perigo, encolhe a cabeça e os pés, assumindo forma esférica e eriçando os espinhos dorsais. Ocorre em toda a Europa, Ásia Central e Ásia Menor.

Preguiça

Ou bicho-preguiça. Designação comum aos mamíferos desdentados da família dos bradipodídeos, arborícolas, encontrados nas Américas Central e do Sul. De corpo compacto, cauda muito curta ou ausente, pelagem densa, membros longos e patas providas de grandes garras em forma de gancho. Vivem nas copas das árvores, onde são dificilmente notados por causa de seus movimentos lentos e da pelagem camuflada. Alimentam-se de folhas verdes e dormem cerca de 18 horas por dia.

Pulga

Designação comum a vários insetos da ordem dos sifonápteros, de corpo compacto e pernas apropriadas para saltar, que se alimentam de sangue. A pulga doméstica, a mais conhecida de todas, é a *Pulex irritans* que, quando bem alimentada, pode viver mais de 500 dias.

Rinoceronte

Nome comum a diversos mamíferos perissodátilos, encontrados na África e Ásia meridional, de corpo maciço, cabeça grande, com um ou dois chifres ceratinosos acima do focinho (daí seu nome, *rhino* = focinho + *ceros* = chifre). Chega a 1,70 m de altura, uns 4 m de comprimento e pesa cerca de 2 t. É parente da anta e do cavalo.

Rola-bosta

Escaravelho. Besouro de hábitos coprófagos, da subfamília dos escarabeíneos, cujas larvas se alimentam de bolas de excremento de herbívoros.

Serpente

Sinônimo de cobra. Réptil do grupo dos ofídios, sem patas, de corpo alongado, que se movimenta por ondulações laterais do corpo. Existem diversas espécies, algumas peçonhentas, como a cascavel, a jararaca e a surucucu, outras não, como a jiboia, a sucuri e a boipeva. Os ossos da mandíbula das serpentes não são unidos, o que lhes permite uma grande abertura da boca e possibilita a ingestão de presas inteiras, como ratos, aves, peixes e até, em alguns casos, grandes mamíferos.

Serpentário

Ou secretário. *Sagittarius serpentarius*. Ave de rapina falconiforme, de grande porte, que se alimenta de serpentes e de outros pequenos vertebrados. Ocorre na África.

Tamanduá

Designação comum aos mamíferos xenartros da família dos mirmecofagídeos, com quatro espécies, encontradas do México à Argentina. Têm focinho longo e tubular, língua longa e pegajosa, boca sem dentes e grandes garras nas patas anteriores, usadas principalmente para abrir cupinzeiros e formigueiros. Os tamanduás são parentes dos tatus e das preguiças.

Tântalo

Gênero de aves pernaltas, que compreende grandes cegonhas, de plumagem por vezes rosada e matizada de negro, próprias da América Central.

Tartaruga

Assim como os jabutis e os cágados, as tartarugas pertencem ao grupo dos quelônios e são remanescentes dos mais primitivos répteis. Seu corpo é quase completamente revestido por uma carapaça óssea, razão pela qual se move muito lentamente. Todas as espécies são ovíparas, inclusive as tartarugas marinhas, e muitas estão ameaçadas de extinção.

Tatu

Nome comum aos mamíferos xenartros da família dos dasipodídeos, encontrados do sul dos EUA até a Argentina. São terrestres, vivem em galerias subterrâneas e alimentam-se de insetos, larvas e vermes. Há espécies comestíveis e algumas correm perigo de extinção.

Tiranossauro

Tyrannosaurus rex. Grande dinossauro terópode, carnívoro, que viveu na América do Norte no Cretáceo Superior (entre 136 milhões e 65 milhões de anos atrás). Media até 12 m de comprimento, pesava até 6 t, tinha pescoço curto e musculoso, membros anteriores muito reduzidos, com apenas dois dedos, e enormes dentes, curvos e serrilhados.

Toupeira

Designação comum a diversos pequenos mamíferos insetívoros, encontrados na Eurásia e América do Norte, de corpo alongado e cilíndrico, focinho longo e tubular, olhos diminutos e patas anteriores adaptadas para cavar ou nadar. São adaptados à vida subterrânea e têm visão pouco desenvolvida.

Histórias da Pré-História

Unicórnio

Animal mitológico, representado com corpo de cavalo e um chifre no meio da testa, símbolo da virgindade e da pureza, nas lendas da Idade Média. É também como se designa o rinoceronte de apenas um chifre, ou monoceronte. O mesmo que licorne.

Urso

Designação comum aos mamíferos carnívoros da família dos ursídeos. Têm pelagem longa e espessa, patas curtas, garras muito longas e dentes molares adaptados a um regime onívoro. Hibernam durante o inverno, ficam de pé com facilidade sobre as patas traseiras, trepam em árvores com desenvoltura e são bons nadadores.